KB126908

허투루 읽지 않으려고

허투루
읽지
않으려고

전승민 에세이

핀드

차례

1부
예측 불허의 감동

2부

사랑이 잘 보이도록

1부

예측 불허의 감동

처음의 여름

낮에 본 구름은 소프트아이스크림처럼 뭉게뭉게 피어올라 있었다. 하늘은 말갛게 연한 빛이었고 골목에서 담배를 피우던 친구의 등 뒤로 선 짙푸른 나무들은 '여름이었다'라는 말을 떠올리기에 충분해 보였다. 섭씨 30도에 가까운 공기를 쿵쿵대면서 즐거워하다가 "곧 장마겠군" 하고 읊조리는 그의 의미심장한 목소리에 하늘은 금세 우중충한 회색빛으로 바뀌어버렸다. 그렇지, 장마철에만 보이는 구름이 바로 저런 거였지, 생각하면서도 구름에서 눈을 떼지 못했다. 좋은 것의 뒷면에는 언제나 나쁜 것이 붙어 있으니까. 그리고 그 나쁜 것도 사실 조금 더 생각해보면 그렇게까지 완벽한 불행인 것만은 아니니까.

여름은 참으로 신기한 계절이다. 샤워로 보송해진 몸과 마음으로 사뿐히 길 위로 나섰다가도 이내 습한 공기와 땀으로 찐득하고 찝찝해진다. 그 상태로 낮 동안 쏘다니다 해가 지고 늦은 밤이 찾아오면 마치 축제의 2부가 시작되는 것처럼 색다른 활기가 공존하는 날들이 계속된다. 그러다 장마가 찾아오면 해가 뜨는지, 떴는지, 졌는지도 모르는 일관된 톤으로 하루가 채워진다. 여름을 배경으로 하는 애니메이션이나 시와 소설이 만들어내는 청량함은 실제 한국의 여름과 다소 동떨어진 감각이기에, 우리가 사랑해 마지않는 여름의 기후는 여름의 이데아라고도 할 수 있겠다. 현실에서 마주할 수는 없지만 분명 사람의 마음과 인지 속에서 이상적으로 자리 잡은 실체 아닌 실체. 그러니 한국의 살인적인 여름 날씨를 겪으면서도 여름을 사랑하는 이들은 마음속에 늘 이상을 품고 사는, 낭만의 힘을 아는 자들이 분명하다.

나 역시도 물론 '여름이었다'의 한마디가 압도하는 순정의 힘을 좋아하는 사람이지만 내게 여름은 십 대들의 첫사랑이나 맥주 캔 표면에 어린 차가운 이슬방울보다 바다와 해수욕장의 이글거림에 가깝다. 불길 속의 평화를 느껴본 적 있는가? 마음속에 품고 있던 이상이 현실의 구체적인 실감으로, 뜨거운 모래와 철썩거리며 일렁이는 파도, 그리고 물속에서 투명하게 흔들리는 해초로 이어지는 열기.

온전한 두 다리로 서서 끝없는 수평선을 바라봤던 2017년 6월의 여름이었다.

————

나는 광안리 해수욕장에 있었다. 그때도 구름은 오늘 내가 골목에서 보았던 모양처럼 뭉게뭉게 피어올라 있었고, 방학이 채 오지 않은 평일 낮의 바다는 여유롭고 한산했다. 나란히 늘어선 파스텔 톤의 파라솔들은 컴퓨터 배경화면 사진처럼 단정했고, 바다 멀리서 천천히 움직이는 하얀 요트들, 아마도 훈련인 듯한 단체 수영을 하는 남자들의 모습은 낯설었지만 이 모든 풍경은 가슴이 뻐근하도록 마음에 가득 채워졌다.

운동화와 양말을 벗어두고 해변의 사장을 따라 바닷물 가까이로 조금씩 다가갔다. 내내 앞과 위를 향해 있던 고개가 점점 아래로 숙어졌다. 꽤 오랫동안 아래를 지켜보았다. 바다에 절반쯤 잠긴 종아리와 물속으로 훤히 보이는 두 발, 열 개의 발가락을 한참 동안 쳐다보았다. 바지 뒷주머니에서 핸드폰을 꺼내 동영상을 찍었다. 맥주 거품처럼 포말을 일으키며 무릎 아래에서 부서지는 파도와 발가락을 일 분쯤 찍었다. 고개를 들어 다시 앞을 봤다. 오른쪽에서 움직이던 요트들은 어느새 나를 지나쳐 왼편으로 가 있었고 바다에서 수영하던 남자들은 사라지고 없었다. 해변에는 아무도 없었다. 눈물이 났다. 내가 보고 있는 이 장면을 나는 도무지 믿을 수가 없었다. 더욱 믿을 수 없던 것은 이 뜨거운 여름의 풍경 속에 내가 속해 있다는 사실이었다. 일말의 의심도 없는 단단한 현실이었다.

물 밖으로 걸어 나오니 한 시간 반이 지나 있었다. 뙤약볕이 내리쬐고 있었지만 피부가 타는 줄도 땀이 흐르는 줄도 몰랐다. 파라솔 아래에 앉아 바다와 해변, 나선으로 굽어지는 모래사장의 끝, 그리고 그 너머를 보다가 다시 천천히 되감기하듯 시선을 거두어 바다와 하늘의 평면 속으로 던지고, 그와 마주 선 호텔과 식당들이 그리는 스카이라인을 보았다. 사물과 풍경을 보는 행위는 시선의 주체와 대상의 역학을 자연스럽게 만들어내지만 그때는 그러한 역학이 깔끔하게 역전되어 있었다. 분명 앞을 바라본 것은 나의 두 눈이었지만 어느 정도의 속도로 지나가는지 알 수 없는 그 시간 동안 나는 그것들이 나를 바라보고 있다고 느꼈다. 아니, 느낌이 아니라 정말 그랬다. 말없이 풍경을 계속 바라본 것은 여름의 사물들이 아름다워서가 아니라 그 안에 내가 포함되어 있다는 실감을 집요하게 재차 확인받고 싶어서였기 때문이다. 바다와 하늘과 요트와 모래는 내가 보고 있는 것이 허구가 아니라 현실의 실체라고 고맙게도 계속 일러주었다. 그들의 시선에 포획된 것은 다름 아닌 나였다.

태어나서 그날 바다를 처음 본 것은 아니지만 그 바다는 내가 살면서 처음으로 경험한 것이었다. 아무런 문제가 없는 두 다리로, 맨발로 모래사장을 걷고 물속에 들어간 건 처음이었으니까. 서거나 본다는 건 참으로 보잘것없는 행위처럼 보이기도 한다. 그것이 얼마나 특별하고 또 기적처럼 희소한 일인지 감각하는 이들은 많지 않다. 내겐 오히려 신체 기관이 아무 이유도 없이 멀쩡하게 유지되는 일이 더 비현실적인 실감으로 다가온다. 그 어떤 것도 당연하게 주어지는 것은 없다. 이른바 '정상' 범위로 가동할 수 있는 신체로 오늘을 살아간다는 것은 기이한 확률로 복권에 당첨된 일과 마찬가지다. 당첨자의 수가 많다고 해서 당첨이 절대적으로 당연한 것은 아니다.

내가 지금처럼 두 다리로 멀쩡하고 자연스럽게 걸어다니게 된 지는 십 년이 채 되지 않았다. 말하기 좀 부끄럽지만 이십 대 때 나는 유전자 단위의 질환으로 한쪽 다리에 큰 수술을 한 적이 있다. 2017년 이전의 나를 상세히 묘사하고 싶지는 않은데, 왜냐하면 이제는 정말로 그 시절이 점점 흐릿해지기 시작했기 때문이다. 다수의 사람이 영위하는 일상적인 직립 보행을 하지 못했다고 요약하면 되려나.('나'에 관해 이야기하는 일이 제일 어려운 일처럼 느껴진다.) 어쩌면 수술과 재활 후 지금처럼 지낼 수 있게 된 후로는 과거의 시절을 그저 '과거'의 카테고리 안으로 뭉뚱그려 던져두고 그 시절의 나를 더는 소환하고 싶지 않아서인지도 모르겠다. 그래서 기억도 흐려지는 거겠지.

———

　나는 후암동에 산다. 우리 동네는 길이 구불구불하고 좁고 경사가 급한 곳이 많은데, 그런 길들을 오르내리면서 종종 이런 생각을 한다. 이렇게 열심히 걸어 다니려고 나왔나보다, 뭐 그런 것들. 그조차도 한때 아팠던 사람의 이기적인 감상주의 같은 것이 아닐까 싶어서 이내 피식 웃고 말지만. 아직은 전시회를 다니는 게 많이 힘들고 특히 비 오는 날은 조심해야 하고, 특수 깔창 없이는 신발을 신을 수 없다든가 하는 자잘한 애로 사항들이 있지만 그래도, 두 다리로 걸어 다니고 카페도 가고 학교도 가고 산책도 할 수 있는 건 너무나 '특권적'인 일이라고 생각한다.

지금의 삶이 그저 주어진 게 아니라 수술과 재활을 통해 획득한 것이라는 의미가 있기에 다리를 포함한 신체에 대한 사유는 내게 언제나 어렵다. 복합적이고, 이중적이고, 그러면서도 또 모순적인 사안이다. 내 몸과 내 경험의 주인은 나인데도 정작 내가 가장 어려워하는 부분이기도 하다. 분명 장애를 경험한 사람이지만 지금의 나는 비장애인으로 살아가는 것도 그렇다. 장애가 과거의 '경험'으로 정리될 수 있는 것이 가능한가, 하는 문제뿐만 아니라 나의 이러한 특수한 경험이 그저 사적인 역사의 단면으로만 남아도 괜찮은 걸까, 하는 고민까지 간다. 분명 나와 같은 질환으로 고생하는, 고생할 이들이 세상에 존재할 텐데 그들에게 조금이라도 도움이 될 수 있을까? 그런데 어떻게 하면? 같은 생각들까지……. 복잡한 심경이다.

그 여름 광안리 바다에 발을 담그고 서 있던 뙤약볕 아래의 시간은 그래서 '지금' 내 모습으로 살게 된 시작점처럼 생각된다. 그날의 바다에서 이글거리는 햇볕을 온몸에 담으며 이제는 여태의 시간을 모두 뒤로할 때라고, 드디어 나의 '처음'을 선언해야 할 때라고 작심했다. 실제로 그날 이후로 아주 많은 것들이 바뀌었다. 예를 들면 성격이 가장 많이 바뀐 것 같다. 나의 시간은 세상의 시계로 측정될 수 없으니 세상의 속도에 나를 맞추는 게 아니라 그저 나는 나의 속도를 만들어가야 한다고 생각했다. 온갖 연습지와 이면지를 구겨 던지고 구김 하나 없는 정갈한 백지를 두 손에 받아 든 느낌이었다. 그때부터 나는 다른 사람들과 나를 비교하기를 멈췄다. '타인과 비교하지 말 것' 같은 자기계발서의 문장을 읽어서가 아니라, 내 몸의 감각은 타인과의 비교 자체가 물리적으로 불가능했기 때문이다. 통증 없이 두 발로 그냥 걸어 다니게 될 수 있는 시점이 아이가 걸음마를 떼기 시작한 시점이라면 나는 그때 겨우 다시 한 아이가 되었을 뿐이니까.(이건 비유가 아니다. 실제로 내 허벅지 뼈의 나이는 사람으로 치면 이제 겨우 유치원에 갈 수 있을 정도가 되었다.)

　나와 몸에 대한 성찰은 세상과 타인이라는 발판 없이는 불가능하다. 이 세계에 오직 나만 존재한다면 내 몸이 어떠한들 그게 도대체 무슨 소용이겠는가. 모든 문제는 우리가 사회적 존재이기 때문에 생겨나고 드러난다. 소수자성도 마찬가지다. 가령 나는 장애인이라고 말하기도 어렵고, 그렇다고 완전한 비장애인이라고 말하기도 어렵다. 두 가지 삶의 경험이 한 몸에 공존한다. 비슷하게, 나는 경남 소도시 출신의 지방 사람이고 그래서 서울과 지방 사이에 자리하는 차별과 배제의 맥락을 이해한다. 아이러니하지만 진주에서 살 때는 서울과 지방에 위계적 차이가 있다는 말을 이해하지 못했다. 그런 것은 없다고 생각했다. 서울에서 살면서 두 가지 차원을 경험한 뒤에야 사이의 경계를 알게 되었다. 퀴어와 비퀴어의 삶이 어떻게 다른지 알고, 쇼트커트의 여성으로 사는 일이 어떤 것인지도 안다. 이런 것들을 나의 소수자성이라 말할 수 있는 동시에 그것들은 나만의 고유한 개체성이기도 하다. 나를 구성하는 수많은 지표들.

나는 지금의 내 삶이 좋고, 사람들 속에 있는 나의 모습이 좋다. 있는 그대로 '나'인 내가 좋다. 그래서 이런 소수자성은 뭐랄까, 그것들이 사람들로부터 받는 차별과 배제, 혐오의 시선과는 마땅히 싸우고 대항해야 할 무엇이지만 동시에 소중하고 멋진 나의 얼굴이기도 하다. 개인이 극복해야 할 것은 자신의 소수자성이 아니라 그로 인해 부당하게 입는 사회적 타격과 폭력이다. 그러기 위해서는 우선 '나'부터 자신의 고유함을 받아들여야 한다. 있는 그대로 긍정해야 한다. 그래야 싸울 수 있다.

누군가는 나를 보고 불쌍하다고 말하겠지만, 누군가는 나를 보고 다 가진 사람이라고 말할지도 모른다. 내 친구들은 대개 전문직에 종사하고 있고 대기업에 다니며 일찍 결혼해서 아이를 키우는, 소위 말하는 '정상성'을 온몸으로 체현하며 사는 이들이지만 정작 내 입장에서는 그들이 나와 많이 다르다고 느끼진 못한다. 그냥 서로 원하는 것이 달랐을 뿐이고, 그것을 이룰 수 있는 시점이 서로의 삶에서 다르게 찾아왔던 것뿐이라는 생각이다. 내가 그러한 것처럼 친구들도 내 삶을 그렇게 이해한다. 그들이 회사에서 대리로, 팀장으로 승진할 때 나는 겨우 학부 1학년으로 복학해야겠다는 일생일대의 결심을 했다. 사회 통념상으로 나는 실패자가 분명했다. 하지만 정말로 내가 그런 시선에 크게 영향을 받지 않았던 것은 누가 뭐라 해도, 뭘 어떻게 한다 해도, 신적인 존재가 와서 뭘 어떻게 부린다 해도 이건 나의 삶이었기 때문이다.

복학하면서 오히려 홀가분하고 행복했던 기억이 난다. 나는 이로써 이 세계의 시간으로부터 탈출했구나! 이제 정말 내 시계의 속도대로 살면 되겠구나! 하고 말이다. 죽었다 살아난 삶이었으니, 선택을 고민할 때 중요한 건 타인의 생각이 아니라 나의 욕망과 그걸 실현하기 위한 물리적인 여건들에 대한 사안뿐이었다. 가령 소위 '있어 보이는' 직업을 욕망하지 않게 되는 속 시원함이 있었다. 돌아보면 학창 시절 동안 내가 하고 싶었던 일은 내가 아니라 나의 부모님이 원하던 것이었다는 걸

복학하고 나서야 알게 되었다. 이제는 내가 싫으면 그만이고, 또 내가 좋으면 그만이다. 말하자면, 내가 정말로 '나'인 채로 세상과 소통하고 사랑할 수 있는 시간이 2017년부터 시작됐던 셈이다. 그리고 여기까지 왔다. 이렇게 글을 쓰고 있는 게 새삼 그저 놀랍기만 하다.

나는 내가 글 쓰는 일을 업으로 삼으리라고 단 한 번도 생각하지 못했다. 중고등학교 시절 가장 싫어하는 과목은 언제나 국어, 특히 문학이 단연 1순위였다. 그땐 내가 불치의 환자로 이십 대 전부를 보내게 되리라는 것도 몰랐고, 퀴어에 관해 열심히 읽고 쓰고 말하게 되리라는 것 또한 몰랐다. 아무리 생각해봐도 지금의 나를 만든 건 재활 후 다시 태어난 시점부터의 시간들이다. 한국문학도 그즈음 열심히 읽기 시작했다.

그 시절을 통과하면서 내린 결론은 딱 하나다. 모든 계획은 언제나 예상하지 못한 방향으로 흘러가고, 그 예상치 못한 우연의 결과는 언제나 우리가 계획한 것보다 더 좋은 곳으로 우리를 이끌어준다는 것. 그래서 나는 불확실성이 가져다주는 행운을 언제나 믿는다. 그러니 계획을 세울 때 언제나 완벽하지 않아도 된다고, 오늘은 이러저러했지만 자고 일어나면 찾아올 내일은 또 어떻게 될지 모른다고 생각한다. 지금 내가 겪고 있는 슬픔과 불행, 또는 행복과 즐거움은 언제든 변할 수 있다. 아니, 변한다. 이것이 균형이다. 그래야 삶에서 닥쳐오는 변화들에 타격을 받지 않는다. 어차피 우리는 모르는 영역의 아주 일부만을 오늘로 정의하며 살아가는 중이니까.

잃을 게 없는 사람은 두려운 게 없다. 그런 마음으로 나는 새출발을 했던 것 같다. 어떤 가치를 획득하기 위해 고군분투하고, 커리어를 쌓고 그것을 잃을까 노심초사하던 시간 없이 오로지 내 두 발로 땅 위에 서는 것만을 삶의 최대 목표로 삼고 거의 삼십 대까지 와버렸다. 덕분에 다른 사람을 만날 때 생물학적인 나이나 사회문화적 지위 같은 것들이 별로 중요하게 와닿지 않았다. 중요한 건 그 사람이 무엇을 욕망하는 사람인지, 그것을 위해 어떤 선택과 노력을 해왔는지를 보여주는 그 사람만이 통과해온 시간과 과정이다. 그리고 나는 그런 것이야말로 진정 그 사람의 얼굴을 만든다고 믿는다. 종종 나는 어떻게 내가 한여름의 뜨거운 해수욕장 모래 위에 두 발로 서게 되었나, 하며 그 시간을 떠올린다.

나도 그동안 이런저런 일을 시작하면서 잃고 싶지 않은 소중한 것들이 생겼고, 조금은 쌓인 듯싶다. 사람들을 많이 알게 되고 그들에게 마음을 주게 되면서 두려움이 생겼다. 한데 이 두려움은 전적으로 타인의 입장에 따라 생겨나는 것이다. 가령 내가 한 말과 행동이 그 사람이 싫어할 만한 것이라면 어쩌지? 하는 불안들. 내가 나를 솔직하게 드러냈을 때 당연히 모두가 환영할 수는 없겠지만, 그래도 내가 관계를 잘 유지하고 싶은 사람에게는 걱정스러운 마음이 드는 게 사실이다.

나는 '모두가 내 마음 같지 않다'라는 아주 자명하고 단순한 사실조차도 최근에야 깨닫고 있다. 이십 대를 사람 없이 보냈으니 이제야 이런 갈등을 겪는 거구나, 싶기도 하지만 그와 별개로 우리 시대의 사람들은 서로 다른 표현 방식을 이해할 만한 여유를 조금도 갖지 못하는 것처럼 느껴진다. 타인의 말과 행동은 내가 타인의 맥락에서 이해해야 하는데도 오직 내 마음과 기분 속에서만 그의 말을 재단하고 확정해버린다. 서로 마찰이 생기면 허심탄회하게 대화를 하기보다 그의 뒤에서 수군거린다. 소리 없이 멀어지고 서로가 느낀 감정을 풀어놓지 않는다. 말하자면, 아무도 싸우지 않는다는 말이다. 어쩌면 '못' 하는 것 같기도 하다. 누군가와 싸우고 회복하는 관계가 드물다. 뭔가 트러블이 생기면 이게 손절 포인트가 맞나, 아닌가로만 치열하게 논쟁할 뿐이다.

다양성을 환영하는 시대가 되었고 종잡을 수 없는 개성이 난무하는 시절이 분명한데도, 그 다양함이 각각 다 외롭게 고립되어 부유하는 것처럼 느껴진다. 다들 너무 바쁘고, 각자도생하는 시대라고는 하지만 바쁘고 힘들수록 우리는 사람의 곁을 더욱 필요로 하지 않나? 이토록 서로 다른 개인들 사이에 마찰이 없다면 그것은 소통의 깊이가 극히 제한된다는 것일 테다. 그러니 무수히 많은 사람을 알게 되어도 휴대폰 연락처에서 주저 없이 연락할 수 있는 이름을 찾기 어려운 게 아닐까.

광안리에서 내가 본 그 여름은 내 인생에 사람들이 지금처럼 많지 않았던 시절이다. 오로지 나와 고투하기만 하면 되던 시절. 드디어 사람들 속으로 나아갈 수 있다고 설레던 그 여름이, 지금은 사람들 속에서 어떤 얼굴로, 어떤 자세로 있어야 할지 도무지 모르겠다고 생각하는 여름이 되었다. 꿈도 못 꾸던 시절의 도래이니 감사한 마음도 크지만 정말 어떻게 해야 할지 알 수 없는 것들이 난무하는 난감한 계절이기도 하다. 장마철을 앞둔 흰 뭉게구름처럼, 불행과 행복이 등을 맞대고 붙어 있는 것처럼. 요즘 내가 가장 두려워하는 것은 무언가를 사랑하기를 포기하려는 마음이 들면 어쩌나 하는 것이다.

초심을 생각하는 일은 내게 그때의 광안리 해수욕장을 떠올리는 일이다. 세상에 처음 제대로 나왔다고 느꼈던 순간, 이제는 내가 원하는 것을 향해 달릴 수 있겠구나 하고 직감했던 그 순간. 세상은 내가 진짜 원하는 것이 무엇인지 모르도록 매 순간 나를 현혹하려 한다. 그

수단은 때로 물질이기도 하고 사람이기도 하다. 그 사이에서 중심을 잡는 일이 참 어렵다. 언젠가 다시 광안리에 가면 나는 무슨 마음으로 모래 위에 서게 될까. 그때는 한적한 바다가 아니라 사람으로 꽉꽉 들어찬 해변일까? 짐작도 할 수 없다. 삶은 내일 또 어떻게 변할지 모르니까.

사랑의 모형

설이 지나갔다. 이번 명절에는 꼭 본가에 내려가야지 하고 벼르고 있었는데 동생이 코로나에 확진되는 바람에 그와 더불어 나도 서울에서 격리된 명절을 보냈다. 연휴가 끝나고 만나는 사람들이 명절은 어찌 보냈느냐 물어도 딱히 대답이 잘 나오지 않았다. 떠오르는 게 없었다. 잠을 평소보다 많이 잤고, 작게 아팠고…… 또 뭐가 있었지? 집 앞마당에 햇빛이 들이치던 게 좋았던 것 같다. 연휴 기간에도 오픈한 동네 카페에서 사장님이 설 선물로 들어온 예쁜 사과 네 알을 종이 가방에 담아 싸주셨던 게 마음에 가장 크게 남는다. 따로 사진도 찍어두었다. 쓰고 보니 이거면 충분하지 않나 싶은 생각도 든다.

설날의 좋은 점은 새해 복 많이 받으라는 말을 밑도 끝도 없이 할 수 있다는 거다. 복 많이 받으시고 건강하세요, 복 많이 받으시고 건강하세요. 아무리 말해도 싫지 않고 듣는 사람도 말하는 사람도 지겹지 않은 말. 얼마나 좋은가? 말로 사람을 죽이기도 하는 시대이지만 어떤 말들은 그 무너짐을 끝없이 지탱해서 막아내기도 한다. 설은 그래서 좋다.

최근 들어 사람들을 만나면 자주 묻는 질문이 있다. "요즘 삶의 낙은 뭔가요?" 상대방의 입장에서는 좀 부담스러울 수도 있겠다 싶지만 그래도 물음을 감행한다. 상대도 모르고 있던 즐거움을 함께 발견할 수도 있고, 일상을 반추해보면서 '그래도 이건 좋았지' 하고 기억할 수 있는 게 나타난다면 그에게 새로운 힘이 될 테니까 말이다.

지난달은 감정도 사건도 모두 상승과 하강을 반복하는 롤러코스터처럼 격변의 흐름 속에 있었기에 에너지

소모가 많은 날들이었다. 그 와중에 사소하게 깊이 기뻤던 날이 있었는데, 한 북토크에 참여했던 시간이었다. 평론가라는 직함을 저 멀리 밀쳐두고 일반 독자로서 맨 뒷줄에 앉아 이야기를 들었던 그 시간이 참 좋았다. 역시 일반 독자의 힘이 가장 세다. 문학을 문학이게끔 추동하고 살려내는 힘은 절대적으로 독자들로부터 온다. 그때의 기억을 설 선물 보자기처럼 풀어보려 한다.

———————

1월 중순의 어느 날, 연남동의 한 서점에서 나는 오롯한 독자로서 즐거운 시간을 보냈다. 이 한 문장이 나를 얼마나 감격하게 하는지 누군가는 꼭 알아주었으면 하는 바람이다. 이때의 즐거움이란 예상치 못했던 이야기가 마음 한가운데로 날아와 딱딱한 세포벽들을 녹이고 해체된 세포핵들이 제멋대로 흘러 다니게 되는 우연의 경험, 그래서 결국은 눈물을 훔쳐내며 솟아나는 과거의 기억들과 조우하게 되는 경험, 텍스트와 작가의 말과 나의 삶이 손잡으며 내가 살고 싶은 미래를 절로 그려보게 되는 경험에서 나오는 기쁨이라 할 수 있겠다.

평론가로서 참여하는 책 행사나 독서에도 물론 기쁨이 있지만 일의 차원을 내려두고 좀 더 자유로운, 그러니까 나의 경우 아메바와 같은 원시적인 상태에서 마주하게 되는 책과의 만남은 세상 그 무엇과도 비교할 수 없는 자유를 선사한다. 비평은 작품, 작가와 모종의 거리두기를 전제하는 행위이므로(물론 비평가마다 다른 거리감을 갖겠지만) 책을 읽다 엉엉 우는 일은 좀체 일어나지 않는다. 비평이란 객관이 담보하는 주관의 세계에 의식을 설치해두고 작품과 만나는 일이기 때문이다. 그러나 철저히 독자로서 작품 앞에 서게 되면 그것이 나를 압도하여 무너뜨리거나 지나간 생의 멱살을 잡고 뒤흔드는 경험까지도 허하게 된다. 무너지는 일도 허락이 필요한 의식이라니, 비평가의 의식이란 얼마나 냉정한 것인가 싶지만 그런 것까지도 문학이라는 생태의 한 부분이니 어쩔 도리가 없다.

북토크는 『쓰지 못한 몸으로 잠이 들었다』다람, 2022의

필자 몇 명이 함께하는 행사였고, 여성 시인과 소설가가 작가이자 엄마로서 살아가는 것은 어떠한 일인지에 대해 솔직한 이야기를 들려주었다. 이 책과 그날의 행사가 뜻깊었던 것은 엄마의 심정을 다른 누구도 아닌 엄마의 입장에서 경험하게 해주었기 때문이다. 생각해보니 좀 이상하기도 했다. 문학은 타인들의 세계다. 하루, 일주일, 한 달, 그리고 일 년의 시간 중 대부분을 나는 타자들의 세계에서 헤맨다. 그런 내가 엄마라는 타자에 대해서는 그토록 궁금해하지 않았다니, 새삼 이상한 이질감을 느끼며 동시에 엄마야말로 나에게 가장 낯선 이방의 존재가 아닌가 하고 퍼뜩 깨달았다. 내 어린 시절 안에는 분명 엄마의 자리가 있고, 엄마는 내게 그 누구보다도 익숙하고 편안한 사람이지만, 정작 그녀가 어떤 마음으로 자기 삶 속에 나를 위치시키고 있는지 알 수 없다는 사실이 아이러니했다.

내가 수술실로 들어가기 전 금식으로 주린 배를 안고 물이 마시고 싶다고 하자 물수건으로 입술을 적셔주던 손길을, 한밤중 모든 불이 꺼진 병실에서 정장 차림으로 핸드백과 신상 레고 박스를 들고 내 옆에 앉아 있던 그 마음을 나는 알지 못한다. 동생과 블록을 갖고 놀다가 내가 애써 완성한 요새를 동생이 멋대로 무너뜨렸을 때 짜증 부리던 나를 보고 그녀가 무슨 생각을 했는지 나는 알지 못한다. 그때의 그녀를 나는 알고 싶었다.

자식을 낳는 일, 그리고 아이를 기른다는 것은 도대체 어떤 일일까? 누군가는 역경이라고 하고, 누군가는 자기를 잃어버리는 일이라고도 한다. 나의 중심을 오로지 자식이라는 타인에게로 옮겨두는 일, 또는 무한한 사랑을 주고 그와는 또 다른 무한한 사랑을 받는 일이라고도 한다. 아마 이 모두가 혼합된 복합물이 부모 자식의 관계일 테다. 내게는 자식의 입장에서 아마 평생 해결하지 못할 것 같은 불가해한 질문이 하나 있다. 엄마는 도대체 뭘 믿고 나를 그렇게 사랑한 걸까. 도대체 뭘 믿고 내게 이렇게 멋지고 좋은 삶을 보여주려 한 걸까. 도대체 뭘 믿고 자기 삶의 일부를 도려내어 나에게 준 걸까. 내가 어떤 사람일 줄 알고……

최근에 나도 자식이 있었으면 하는 마음이 희미하게

든 적이 있다. 내가 사랑하는 사람을 닮은 그리고 나의 어떤 면을 닮은, 나와 가장 가까우면서도 가장 분리된 존재, 그러나 내가 세상에서 가장 무한하게 사랑할 수 있을 존재를 만나고 싶다는 욕망을 가진 적이 있다. 안타깝게도 지금 한국의 사회문화적 현실은 내가 '내 자식'을 가지지 못할 확률이 높은 상황이다.

꼭 혈연으로 얽힌 부모 자식 관계가 아니더라도 그와 유사한 관계성은 다른 인간관계 안에서도 종종 발견되고 경험된다. 가령 열정으로 가득한 두 연인 사이에서 자식을 인내하는 부모처럼 서로 희생하는 질긴 마음이 발휘되기도 한다. 또는 어떤 사제 관계에서는 동년배의 진한 우정 못지않게 부모와 자식 간의 관계성이 발생하기도 한다. 선생이 학생을 길러내는 모습은 흡사 부모가 자식을 키워내는 것과도 비슷하고, 역으로 자식이 종종 부모를 성숙한 인간으로 거듭나게 하는 것처럼 제자가 스승의 앎과 삶을 깊어지게 하기도 한다. 완벽한 두 타자의 시간과 공간, 그리고 인격과 생이 부딪치고 교차하면서 파생시키는 사랑이라는 물결 속에서 이 모든 것들은 살아 숨 쉰다.

산다는 게 뭘까 하는 질문은 심신이 바닥까지 소진됐을 때 뒤숭숭한 마음과 함께 복잡하게 떠오르지만 의외로 그 답은 늘 가장 단순한 좌표 위에서 나타나곤 한다. 새해를 맞아 반추하는 매해의 작년을 돌아보면 대개 간결한 기쁨만이 우리에게 남는 듯하다. 하루 스물네 시간을 고군분투하며 스트레스받고 머리 싸매며 괴로워하다가도 일 년만 지나면 절로 증류되어 순도 높은 알갱이들이 하얀 눈이 되어 머리 위로 떨어지는 것과 비슷하다. 시간의 힘은 그렇게나 위대하다.

앞서 말한 '삶의 낙'에 관한 질문에 뒤이어 사람들에게 던진 다음 질문은 이것이었다. "새해 소망은 무엇인가요?" 삶의 낙이 무엇 무엇이라면 그 위에 새로 얹고 싶은 좋은 것은 무엇인지 궁금해서였던 것 같다. 올해 내가 빌었던 새해 소망은 딱 한 가지였다. 지금 내가 좋다고 느끼는 것들에 대해 이 좋음의 감각을 놓치지 않게 해달라는 거였다. 좋은 것들을 여전히 좋게 바라볼 수 있는 마음이 유지되었으면, 그리고 가능하다면 그 감각의 힘이 더 튼튼해졌으면 하는 바람 말이다. 어떤 사건이 일어나거나 일어나지 않기를 바라는 확률보다 내 마음에 대해서 무언가를 바라는 일이 이루어질 확률이 훨씬 더 높지 않을까? 무엇보다 다른 누구도 아닌 내 마음이니까, 내 것이니까. 내가 그나마 확실하게 절대적인 소유권을 주장할 수 있는 우주 유일의 객체니까.

사람은 자신이 사랑하는 사람을 종종 자신의 소유물로 오인한다. 네가 날 사랑하고 내가 널 사랑한다면 우리 둘 사이에는 배타적 소유관계가 성립한다고 그러니 내가 바라는 대로 행동해주지 않으면 그것은 네 잘못이라고, 책임의 소재를 추궁할 '권리'를 갖게 된다고 말이다. 내게 불가해한 사랑을 준 부모님은 그런 것은 없는 거라고 살아오는 내내 몸으로 내게 보여준 사람들이다. 집을 떠나기 전까지 나는 그런 소유관계를 주장하는 사랑을 보지도 배우지도, 그래서 알지도 못했다.

사랑 속에서 나타나는 책임은 내가 바라는 대로 네가 행해줄 것을 요청하는 것이 아니라 내가 너의 목소리를 최대한 온전히 들어주는 것, 그러니까 내가 너의 청자로서 언제나 상호 연관된 반응으로서의 대화를 다하는 일에서 온다. 책임은 상대를 벌하기 위한 요건으로서가 아니라 내가 너라는 절대적으로 불가해한 타자를 더욱 온전히 듣고 알아가기 위해 스스로 부과하는 덕목이다. 해러웨이가 말한 존재론적 안무인 실뜨기 놀이처럼 나의 주체성이 타자인 '너'의 말과 행동에 대한 반응으로서 구성되는 세계, 그것이 바로 내가 아는 사랑의 세계다.

너라는 고유한 개인성은 나의 고유성을 파열시키고 때로 붕괴시키기도 하겠지만 기꺼이 파괴되고 또 새로이 생성될 그 미래를 마다하지 않는 열림의 가능성으로 충만한 것이야말로 사랑하는 이들의 주체성이라고 생각한다. 두 사람 사이의 이 실뜨기 놀이가 가능하려면 신뢰가 전제되어야 한다. 이때의 신뢰는 '나는 네가 내가 원하는 대로 할 거라고 믿어'라는 식의 일방적 강요를 동반한 집착이 아니라 마음을 솔직하게 표현하면 그 표현이 상대에 의해 정직함으로 수용되리라고 믿는 단단한 낙관을 말한다. 그러니까, 실뜨기에는 기만이 없다. 나는 네가 손가락을 움직여 만든 모형을 보고 그 모형의 다음 모형을 만들기 위해 내 손가락을 움직인다. 그렇게 우리는 나를 너로 바꾸지 않으면서도 단단히 결속된다. 아니, 오히려 내가 네가 될 수 없음으로 인해 더욱 강력하게 연결된다. 이게 바로 내가 부모님에게 평생 배워온 사랑의 모형이다.

————

코로나 격리로 이번 설에 우리 가족은 물리적인 공간을 함께 점유하며 공동의 시간을 보내지는 못했지만 각자의 시간과 공간 속에서 상대방의 안부를 묻고 근황을 나누며 여느 때와 같은 날들을 보냈다. 상호 신뢰의 전제 위에서 '나'와 '너'의 자유가 횡단하는 빈 공간은 방임의 결과물이 아니다. 사랑이 숨 쉴 수 있는 여백이자 바탕이 되는 흰 도화지다. 지난 한 달 동안 나는 모종의 사건들 때문에 신체적으로도 심적으로도 몹시 괴로웠다. 사람들은 아마 일이 많아서, 스트레스가 과해서 그런가보다 했을 테지만 사람을 이 정도의 고통으로 몰아가는 것은 사실 일이 아니라 사람이다. 직장에서의 스트레스도 결국엔 사람 사이의 문제 때문에 온다. 일은 그 사이에 놓인 중간지대인 경우가 많다. 일이 비상식적으로 불합리하게 나에게 부과되는 경우가 아닌 한, 일의 강도와 양이 아무리 과하다 하더라도 함께하는 사람들이 좋은 사람이라면 현명하게 과업을 수행할 수 있다. 그리고 그 비합리적인 일의 형태도 결국에는 수정될 것이다. 그러니, 사람이 주는 고통 역시도 사람이 낫게 할 수 있다는 자연스러운 결론은 새삼스럽게 다행스럽고 고마운 일이다.

새해에도 내가 지금 가진 이 쉽지 않은 낙관을 굳게 믿을 수 있으면 좋겠다. 그게 나의 소망이다. 언젠가는 나도 부모님이 내게 준 불가해한 사랑을 나의 아이에게 줄 수 있을까? 인간이 세상에 자식을 남기는 이유는 사랑의 모형을, 실뜨기 놀이를 하는 법을 가르쳐주기 위해서인 것 같다. 우리 각자의 세계가 얼마나 아름다운 것들로 충만한지, 그 좋음이 얼마나 좋은 것인지 충분히 감각했으면 좋겠다는 욕망과 함께 내가 좋다고 느끼는 것을 내가 사랑하는 사람도 함께 느꼈으면 하는 마음을 우리 모두 알지 않나. 산 아래서 불어오는 차고 맑은 겨울바람의 상쾌함을, 밤의 노란 가로등 아래에서 비치는 눈송이들의 빛을, 책을 읽다 잠든 사람에게 이불을 덮어주고 이마에 뽀뽀해주는 그 온기를 알려주고 싶은 마음 말이다.

인류가 여기까지라도 존속해올 수 있던 힘은 누가 뭐라 해도 나는 사랑인 것 같다. 아무리 생각해도 사랑인 것 같다. 설에 모인 가족들을 보면서 부모와 조부모들은 그런 것을 느끼지 않을까? 내가 길러낸 인간들이 다채롭게 각자의 실뜨기를 해나가는 모습을 대견해하는 마음. 아무리 서로 생채기를 내고 눈물 흘리게 해도 그래도, 세상의 좋음을 알려준 최초의 기원이 '나'라는 뿌듯함은 정말로 부모가 되어보기 전에는 알 수 없는 영역의 것일 테다. 영원히 불가해한 미지수의 영역.

일방적인 고백

10월의 마지막을 지나 보내고 본격 11월이다. 한 해가 두 달밖에 남지 않았음을 비로소 실감한다. 대개는 연말연시가 임박하면 지난해를 돌아보곤 할 테지만 내가 한 해를 회고하는 시점은 가을이 한창일 때다. 지난겨울부터 올해 초겨울을 시작점으로 봄, 여름, 그리고 초가을까지를 한 단위로 잡아 기억의 연말정산을 한다. 막상 연말이 닥치면 봄에 있었던 일들은 마치 지난해의 일처럼 까마득해져서 연말에는 한 해를 곱씹기보다 떠나보내는 시간을 갖고, 다가올 새해에 실현해볼 것들을 탐욕

스럽게 욕망하곤 한다. 나의 셈법으로는 한 해의 끝자락이 내겐 시작인 셈이다.

지난 계절들을 자주 곱씹는 가을에는 유독 누군가에게 편지를 쓰고 싶은 충동을 자주 느낀다. '누군가'들이 많이 보고 싶어지고, 바쁨을 핑계로 봄과 여름 동안 억눌러온 마음을 슬슬 풀어보려는 거다. 누군가가 보고 싶을 때 그에게 편지를 쓰고 싶어지는 이유에 대해 생각해보면, 그건 아마도 그와 함께했던 시간을 종이 위로 되새기는 과정에서 그 시간을 잠깐이나마 다시 살아볼 수 있기 때문이 아닌가 싶다. 핸드폰 사진첩을 뒤적이거나 이미 써둔 일기장을 펼쳐보는 것도 한 방법이겠지만, 그래도 편지를 쓰는 것이 제격인 듯하다. 그와 내가 이미 겪은 시간을 아직 오지 않은 시간 속에 기입할 때 추억은 더욱 현재형으로 살아나니까. 말하자면 우리는 편지를 쓰는 동안 우리가 지나 보낸 시간을 낯선 깊이로 들여다보게 되고, 그러한 내 이야기의 수신인인 '너'와 함께 '나'의 시간을 객관화하거나 혹은 더욱 심층적인 상호주관 속에서 특별한 의미를 재발견한다. 이런 맥락에서, 보고 싶은 이에게 편지를 쓰는 일은 내 삶을 돌아보는 아주 좋은 글쓰기가 되기도 한다.

물론, 삶을 돌아보려는 목적으로 편지를 쓰는 사람은 없을 테지만 편지를 쓰다보면 반드시 뒤를 돌아볼 수밖에 없다. 더구나 거기에 적힌 과거는 내가 알지 못하는 너와의 시간을 통해서 전과 다른 의미를 획득하게 된다. 언제나 그렇다. 우리가 주고받는 편지가 아무리 보잘것없는 사소한 내용으로 채워진다 하더라도 늘 특별해지는 이유는 바로 그래서다. 과거의 사실뿐만 아니라 글쓴이의 시선과 감정, 마음이 활자에 스며들어 편지를 살아 있는 어떤 물질로 변환한다. 거절이나 실망, 슬픔과 같은 부정적인 감정이 담긴 것이라 하더라도 마찬가지다. 거기에 적힌 것이 무엇이든지 간에 모두 소중하고 애틋해지는데, 그런 이상한 경험을 몇 번이고 할 때마다 나는, 극구 나의 것이 아니라고 부인하고 싶어지는 복잡하고 뒤엉킨 어둠들마저도 결국엔 중한 것이 아닌가, 하는 생각에 이른다. 비록 그것이 마지막 마침표를 쓰고 나면 곧장 휘발되고 말 찰나의 것일지라도 말이다.

어디서부터 시작하면 좋을지……. 8월 정도면 적당할 듯하다. 일기를 펼쳐보지 않고도 기억만으로 더듬을 수 있는 가장 가까운 시점. 늦여름부터 나는 시바견 한 마리와 같이 살게 됐다. 시골 외갓집에서 진돗개와 함께 어린 시절을 보냈던 터라 언젠가는 꼭 개와 사는 삶을 다시 꾸리고 싶었다. 한편으로 '개와 살 수 있는 적절한 시점'이라는 것이 도대체 언제일까, 가늠해보다가 그런 것은 정해져 있지 않다는 생각이 들었다. 어쨌거나 삶은 계속해서 여러 다른 종류의 일들로 바빠질 것이었다. 삶에 빈 시간이 많이 생겨서 가족을 꾸리게 되는 게 아니듯이, 누군가와 함께 살게 되는 순간은 하염없이 기다려서 맞이하게 되는 것이 아니라 작심으로 시작되는 시간이다. 두 번 만에 성공한 유기견 입양 신청으로 호두가 나에게 왔다.

개를 시골 마당에서 키우는 일과 대도시 한가운데에서 한집을 공유하며 사는 일은 완전히 다른 일이었다.

호두가 집에 온 뒤로 내 삶은 완전히 바뀌었다. 상상도 해보지 못한 삶의 영역을 호두 덕분에 알게 되었다. 물리적인 삶의 조건은 그대로였지만 일상을 완전히 다른 각도로 보게 되었다. 여태까지 내가 알고 있던 진실들은 반쪽짜리였음을 서서히 그러나 한편으로는 빠른 속도로 깨달아가는 중이다. 예를 들면, 서로 다른 두 존재가 나누는 소통에서 언어가 차지하는 비율이 어쩌면 절반이 채 안 될지도 모르겠다는 확신 말이다.

호두는 유기견이었고 피부 아래 내장된 동물등록칩에 이전 주인의 정보가 들어 있었음에도 주인이 구청의 연락을 의도적으로 계속 거부하는 바람에 보호소에서 계속 지내고 있었다. 이전 주인이 어떻게 키웠는지 알 수 없지만 치아도 절반이 부러져 있었고 장난감으로 놀 줄도 몰라서 많이 안타까웠다. 개는 강아지 때 노는 법을 익히지 않으면 평생 모른다고 한다.(이건 개나 사람이나 똑같은 듯하다.) 그래도 간식을 심어둔 노즈 워크용 봉지를 코가 떨어져나갈 것처럼 열렬히 탐색할 줄 알고, 날씨가 좋은 주말엔 남산공원에 가서 힘차게 뒷발차

기를 하고 뛰어다닐 줄도 안다. 모래나 잔디밭도 아주 좋아한다. 가끔 더 신이 나면 바닥에 쌓아둔 책들을 코나 발로 젠가 게임하듯 슬슬 밀고 내가 가장 아끼는 담요를 사나운 맹수처럼 한껏 물고 늘어지기도 한다. 물론 그 담요는 이제 영영 호두의 것이 되고 말았다.

만약에 호두가 사람이었다면, 호두에게 네가 좋아하는 건 어떤 것들이냐고 물어보고 말한 것들을 이래저래 준비했겠지만 호두는 인간의 언어를 구사하지 않기 때문에 호두의 취향과 기호를 이해하고 파악하는 데에는 상당한 시간이 걸렸다. 하지만 그 오랜 시간이야말로 우리 둘이 나눈 대화가 아니었나 생각한다. 이런저런 선택지를 하나씩 실험해보면서 서로의 취향과 기호를 알아가는 일, 집 안에서 어느 자리를 좋아하고 산책할 때 어떤 길을 좋아하는지 서서히 알게 되고, 호두의 눈이 세모가 되면 졸리지만 자기 싫은 상태라는 것을 알게 되고, 내가 책상 앞에 앉아서 자리를 오 분 이상 떠나지 않을 때는 저만의 시간을 보내야 할 때라는 것을 호두가 알게 되는 일. 아침에 해가 떠도 이 인간이 침대에서 꿈

쩍하지 않으면 침대보를 물고 늘어지고 뛰어다니면서 그를 깨워야 한다는 걸 알게 되는 일……. 만약에 이 모든 것을 인간의 말로 주고받았다면 과연 우리가 지금처럼 서로의 아주 사소한 습성들까지도 알 수 있었을지 의문이다. 말할 수 없거나 들을 수 없음, 언어를 매개하지 않은 존재들 사이의 이해는 머리나 마음만이 아닌 온몸을 적시게 되는 물질적인 과정으로서 발생한다. 그리고 그건 언어를 매개해서만 도달하는 이해보다 훨씬 더 아름답다. 아주 느린 시간을 경유해서 서서히 물들어가는 서로의 실감은 매일 닥쳐오는 예측 불허의 감동 속에서 조금씩 더 확실해진다.

개와 함께 사는 일상은 삶의 새로운 의미를 나날이 일깨워준다. 호두와 함께 살지 않았더라면 죽기 직전까지도 몰랐을 경이로운 빛들을 알게 되었다. 예를 들면, 이런 것. 시바견은 가끔 바닥에 머리를 비비면서 가르릉거릴 때가 있는데 처음엔 그게 짜증이나 화가 났다는 표현인 줄 알았다. SNS에서 비슷한 행동을 하는 시바들의 영상을 봐도 표정이 그리 상냥하진 않다. 송곳니도 쩍 잘 보인다. 그런데 나중에 알고 보니 그건 기분이 좋거나 장난을 치고 싶을 때 하는 행동이었다. 인간의 기준으로 동물을 이해하려고 하면 완전히 어긋나버릴 때가 많다는 걸 온몸으로 경험하고 있다.

　사실, 인간과 인간 사이의 소통도 비슷하다. 같은 언어로 소통한다 할지라도 그 언어의 외피 아래에는 각자가 주관적으로 담지하는 고유한 내용이 있고 우리는 그에 대해 전적으로 무지하다. 상대가 말하는 것이 진심이라는 것을 일차적으로 믿고 그 맥락과 뉘앙스를 깊이 이해하는 것이 진실한 대화에 한 걸음 다가가는 것일 텐데, 어쩌면 우리는 상대의 맥락이 아니라 그 말을 전해듣는 나 자신의 맥락 속에 상대의 말을 넣어버리는 건 아닐는지. 그리하여 호두와 내가 같은 언어를 쓸 수 없는 서로 다른 종이라는 사실은 역설적으로 더 큰 이해의 그물을 만들어낸다. 그리고 이런 과정을 거듭하면서 '나'의 의미가 아닌 '너'의 의미를 이해한다는 것이 실로 어떠한 일인지 서서히 깨닫는다. 우리는 상대에 대해 아는 것이라고는 전혀 없다는 기초 위에서만 온전히 상대의 몸짓을 이해한다.

이것은 동물과 인간의 소통이지만 동시에 인간이 인간과 소통할 때 반드시 지향해야 할 어떤 이상적인 대화법을 알아가는 일이기도 하다. 가령 나와 호두가 고작 반년이 조금 넘는 시간 동안 이렇게 서로를 이해할 수 있었던 것은 전적으로 서로를 그저 믿었기 때문일 것이다. 나는 이 지점이 아직도 신기하다. 호두는 어찌하여 이토록 저를 나에게 다 맡겨버리는 걸까. 호두의 입장에서 나는 그냥 난데없이 나타난 인간일 텐데, 어느 날 갑자기 저를 낯선 곳으로 데려가서 뜬금없이 밥을 주고 재우고 귀찮게 구는 의문의 존재일 텐데. 저와의 역사와 기록이 전무한 존재에게 자신의 식사와 수면, 일상을 모조리 맡기다니. 내가 할 수 있는 일은 호두가 방어적인 태도를 최대한 누그러뜨리고 서서히 자기표현을 할 수 있도록 기다리는 일. '나는 너를 믿는다'는 외적인 표현이 아니라 말 없음의 공간에서만 생겨나는 상호 신뢰를 만들고, 그로부터 시작하는 아주 느린 대화에 참여하는 일. 인간이 할 수 있는 최상의 대화가 있다면 바로 이런 것이라고 생각한다. 많은 말을 하지 않아도 그 안에 담긴 심정을 헤아릴 수 있는 언어의 아주 더디고 성긴, 그러나 밀도 높은 교환 말이다.

글을 쓰고, 일하면서 공부하는 사람으로 사는 일은 평균대 위를 위태롭게 계속 걸어가는 것과 비슷하다고 느낀다. 몸과 마음이 모두 소진되어서 더는 아무것도 남아 있지 않다고 느낄 때는 인생이 사방으로 죄다 막혀버린 큐브 속에 있는 것 같다. 어느 날 밤에는 글을 쓰다 말고 갑자기 서재 정리를 시작해서 책을 팔십 권 넘게 갖다버린 적도 있다. 사십여 권 정도는 중고책방에 팔 요량으로 따로 모아두었고, 그 직전 주에는 삼십 권을 버리기도 했다. 삶이 그 어느 쪽으로도 열려 있지 않아서 그 사이에서 오도 가도 못한다고 느껴질 때는 알 수 없는 분노가 치밀어오른다. 지옥도地獄道라는 이름으로 불리던 서재가(과장이 아니다. 분류되지 않은 책들이 여기저기 처참하게 널브러져 있고 사람이 지나갈 공간조차 없었다.) 지난 몇 주간 나를 잠식하고 간 분노 덕에 다행히 이제 사람이 지나갈 수 있는 길이 생겼다.

공부든 일이든 뭐든 여러 일을 동시에 해내며 계속해서 흔들리는 균형을 몇 번이고 다잡는 와중에 개와 함께 산다는 건 언뜻 생각하기에 삶을 더욱더 혼란 속으로 밀어넣는 일이라고 여겨질 수도 있다. 무슨 일을 하든, 어떤 리듬으로 살아가든 간에 삶이 제대로 굴러가고 있고 이만하면 됐다, 싶은 안정감을 확보하는 일은 나날이 어려워진다. 엄마 말에 의하면 이 알 수 없고 잔인한 세계의 이름이 바로 사바娑婆이고 그 뜻은 '견딘다'라는 거란다. 그러니 다 받아들이라고……. 날뛰는 감정과 시시각각 바뀌는 생의 템포를 겨우겨우 따라잡는 노력의 일환 속에서 호두와 같이 산다는 건 물론 쉬운 일은 아니다. 하지만 호두가 늘 옆에 있었기 때문에 가능했던 일들과 넘어간 고비들이 있는 것도 분명한 사실이다. 이 아이러니한 역설을 어떻게 정확한 언어로 표현할 수 있을까?

지켜야 할 것이 있는 사람은 자신의 생을 그것과 나눠 갖는다. 모든 걸 팽개치고 싶어도 그럴 수 없는 이유가 생긴다. 우리는 자신의 소유물에 한해서 그것의 처분에 관한 권리를 갖는다. 한데 삶의 일부가 온전한 나의 것이 아니라는 사실을 깨닫게 되면, 그것의 무자비한 처분, 멋대로 포기할 권리 또한 나에게 없음을 알게 된다. 바로 그 역설의 지점에서 나의 삶은 다른 누군가에 의해 지켜진다. 이것이 함께하는 삶의 신비다. 나를 대책 없이 덜컥 믿어버린 호두에 의해서 나의 삶 또한 예기치 않게 보호받게 됐다.

돌봄도 마찬가지다. 견주가 개를 일방적으로 돌본다고 생각하기 쉽지만 실은 그렇지 않다. 나는 호두가 나를 돌본다는 느낌을 시시때때로 받는다. 개가 주인을 돌본다는 게 어떻게 가능할까 싶지만 개들이 하는 돌봄은 겉으로 드러나는 행위가 아니라(호두가 내 식사를 차려주거나 씻겨줄 수는 없으니까) 온전히 마음으로 행해지는 것이므로 알아채는 데에도 상당한 주의를 기울여야 한다. 가령 이런 것들이다. 유독 일정이 많아서 오랫동안 집을 비우는 날이 일주일에 몇 번 있는데 그럴 때면 저녁 산책을 다소 간단히 하고 집으로 일찍 돌아와 같이 서재 바닥에 누워 잔다. 원래 호두는 서재 방바닥에서 요를 깔고 자고 나는 내 방 침대에서 따로 자지만, 부러 함께 있고 싶다. 그런 밤에는 호두가 내 팔에 턱을 괴고 엉덩이를 붙이고 잔다. 호두는 매우 독립적이고 개인주의적인 개라서 애정 표현이 그리 많지 않은데, 아침까지도 품 안으로 머리를 들이밀고 발라당 배를 깐다. 반대로 호두가 내게 오는 밤도 있다. 매일 그런 건 아니고, 한 주 동안 가장 많은 양의 업무가 일단락된 날이거나 내가 유독 피곤해할 때마다 그런다. 평소에는 절대 그러지 않지만 침대에 올라와서 같이 자려고 한다거나 말없이 온몸을 내게 밀착시키고 드러눕는다. 짖지도 않고 표정의 변화도 없지만 나는 분명하게 느낀다. 부스스하게 눈을 떴다가 호두의 까슬한 털과 온기 속에서 다시 눈을 감고 누워 있으면 어디인지도 모를 아픈 곳이 절로 낫는 기분이 든다. 개운해지고, 맑아지고, 다시 한번 하루를 힘차게 만들어보고 싶은 마음이 솟아난다. 어쩌면 내가 호두를 돌보는 시간보다 호두가 나를 돌보는 시간이 훨씬 많은 것도 같다. 이상적인 돌봄이란 돌보는 이가 그 행위를 통해 역으로 돌봄을 받게 되는 일이지 않을까 생각하게 된다.

작업을 하다가 막막할 때면 괜히 호두를 키보드 앞에 데려다놓고 네가 좀 써보라고(너는 발이 네 개이니 나보다 글을 더 많이 쓸 수 있지 않을까……) 발을 키패드에 팡팡 두드려도 본다. 자리에서 일어나고 싶을 때도 의자 옆에 두 팔을 꼬고 심드렁하게 엎드려서 날 올려다보는 호두를 보면, 그래, 써야지, 하게 되고(이럴 때는 마치 집에 상주하는 편집자 선생님 같다) 그렇게 십 분, 삼십 분을 넘기다가 문득 침대 밑에 머리를 넣고 소처럼 누워서 쿨쿨 자는 호두를 본다. 저렇게 무방비한 상태로 편안하게 자기 위해 너는 어떤 시간을 지나왔을까, 하는 헤아릴 수 없는 가늠을 해보기도 한다. 꿈에서 비행기라도 타는 건지 네 발을 파닥거리거나 입을 쩝쩝거리는 걸 보면 어이가 없기도 하고 부럽기도 하다. 다른 편안한 곳을 제쳐두고 굳이 내 옆에서 저러고 자는 걸 보면 웃기고 고맙다.

나는 요즘 아주 오랜 시간 동안 회피해오던 어떤 벽과 대면하는 연습을 하고 있다. 무섭고, 두렵고, 도망치고 싶다. 삼십육계의 상책 중에 줄행랑도 하나의 계책이라는 말을 여러 번 떠올린다. 그 벽이 너무 오래 열리지 않아서 그렇지 실은 하나의 문이라는 걸 알아야 한다는 박찬욱의 말도 연이어 떠오르고, 피하고 싶지만 피하고 싶지도 않은 이상한 딜레마 속에서 허우적댄다. 호두는 내게 이 두려움의 미지를 기꺼이, 조금씩, 천천히 받아들이게 해준다. 두려움이나 불안은 고통의 실체를 경험하는 게 아니라 바로 그 실체를 '알 수 없다'는 점에서 생겨난다. 그래서 그것들은 멈춤을 알지 못하고 무한하게 뻗어나간다. 우리는 불안 그 자체를 멈추게 할 수는 없고, 다만 그것이 있지 않은 곳으로 자리를 옮겨볼 수 있을 뿐이다. 불안이 한 가지 종류의 미지, 알 수 없음이라면 그것을 넘어서는 방법은 불안 자체를 죽이는 것이 아니라 그 알 수 없음을 긍정하는 법을 알아내는 것일 테다.

호두와 산책을 하다보면 예정에 없던 길로 종종 들어서게 되는데, 우리 동네에 이런 멋진 곳이 있었나 탄성을 내지를 만큼 대단한 곳을 발견하기도 한다. 이른 아침에 산책을 하면 공사장의 인부들이 다 같이 모여 국민체조를 하는 장면을 보고, 밤새 계절이 만들어둔 낙엽

더미의 찬란함을 신선한 공기와 함께 만끽할 수도 있다. 혼자 살았더라면 내게는 도착하지 않았을 풍경들이다. 오며 가며 호두에게 인사를 건네는 동네 사람들과 안면을 트고 매일 안부를 나누는 사이가 된 것도 신기하다. 동네의 페이스북 같은 장소인 슈퍼 앞마당에는 호두의 이름이 호두라는 걸 알면서도 굳이 매번 "보리야!" 하고 반갑게 부르는 할아버지가 계시는데(그래서 나는 그분을 '보리 아저씨'라고 부른다) 알고 보니 동네에서 산책하는 모든 개에게 "보리야!" 하고 인사를 건네는 분이었다. 한번은 그 할아버지의 친구가 "형, 너는 왜 나랑 이야기하다 말고 개한테 먼저 관심을 주냐? 그러면 몹시 섭하다" 하고 구시렁거리는 소리도 지나가다 들은 적이 있다.

이런 시시콜콜한, 사람 냄새가 풀풀 나는 광경이 일상 속으로 들어오게 된 것도 다 호두 덕분이다. 낯선 존재와 함께 산다는 것은 이런 즐거운 우연들을 기꺼이 수락하는 일이다. 지금 이 현실 너머에 다가올 것들이 무엇인지 모르는 미지의 우연을, 그 알 수 없음을 즐겁게 받아들이게 된다. 그럴 수밖에 없게 된다. 꾸준히 이런 날들을 보내다보면 나는 내가 아주 오랫동안 외면해오던 나의 벽을 드디어 제대로 마주 보고, 결국에는 그것을 무너뜨리든지 파헤치든지 할 수 있을 것이다. 그런 확신이 든다. 무언으로 전해지는 사랑의 파동은 세계의 딱딱한 벽을 허문다.

깨끗한 우울

우울증은 고약하다. 전혀 움직일 수가 없다. 화장실에 가거나 물을 마시는 행위조차도 제대로 할 수가 없다. 비가 오거나 흐린 날들이 며칠이고 계속되면 난관은 더욱 심각해진다. 흔히들 인스타그램 릴스나 유튜브 쇼츠만 끝없이 스크롤하고 있다면 바로 그게 우울함의 증거라고들 말하지만 내 경우엔 정반대다. 릴스나 쇼츠를 보면서 낄낄대거나 오십 초짜리 감동에 젖을 수 있다면 한결 나은, 아니 정말로 괜찮은 상태다. 새로운 무언가를 인지하고 이해하고 감각할 수 있다면 참으로 다행인 것이다. 쇼츠나 릴스에는 좋은 것들이 많다. 어린 딸들이 아빠의 머리에 리본을 묶어서 치장해주는 영상, 허스키나 리트리버가 주인을 골려주는 영상, 상모를 돌리면서 소주잔을 맥주 속으로 빠뜨리기에 성공하는 남자의 영상, 책상을 멋지게 꾸며놓고 이것저것 보여주는 대학원생, 땀을 뻘뻘 흘리며 높은 무게의 벤치프레스를 성공하는 멋진 여성들 등등. 유쾌하고 사랑이 넘치고 관계를 만들어나가는 사람들의 일상이 다종다양하게 제공된다. 그런 것들을 보면서 울고 웃고 누군가에게 퍼 나를 수 있다면 참으로 좋은 휴식인 것이다.

우울은 일상의 크고 작은 모든 행위를 마비시킨다. 머릿속의 생각들조차 내 마음대로 내가 원하는 대로 흘러가게 만들 수 없다. 꼬리에 꼬리를 물고 연쇄되는 생각들은 속도가 어찌나 빠른지 받아 적을 수도 멈출 수도 없다. 그럴 땐 자는 게 상책인데 머리가 빠른 생각들로 꽉 차 있으면 머릿속 스위치를 내리는 것도 내 소관이 아니게 된다. 할 수 있는 게 한 가지도 없다. 무언가를 선택하고 실행하는 의지력 자체를 상실하기 때문이다.

늦은 원고가 편집자의 심기를 크게 거스른 것은 아닐까, 바빠서 늦게 답하고 만 밀린 카톡의 발신인들이 마음 상했으면 어쩌나, 수업 중에 이 말은 괜히 한 걸까, 혹시 학생들이 곡해하려나, 지난주에 아파서 취소한 약속들은 어떡하나……. 내 머리를 터지기 일보 직전까지 몰아붙이는 건 결국 사람 문제다. 여러 갈래로 닥쳐오는 불안은 하나의 지점으로 수렴한다. 더는 그들이 나를 보지 않으려 하면 어쩌지? 나는 내가 혼자가 되고 말 것에 대한 불안, 관계의 단절에 대한 두려움에 시달린다. 매 순간 내가 할 수 있는 최선을 다하지만 그건 어디까지나 나의 한계선일 뿐, 상대의 기대를 충족하지 못하는 순간 나의 최선은 그들에게 최악일 수 있다. 사람이 그렇다. 어떤 순간에는 한없이 너그럽지만 또 다른 순간에는 이유가 없더라도 한없이 냉정해질 수 있다. 거기에는 어떤 합리적인 논리나 인과가 작용하지 않는다. 마음은 이성적인 것이 아니기 때문이다. 하지만 내가 이런 생각에 도달했다고 해서 이 모든 것을 부처님처럼 받아들일 수 있다는 건 아니다. 알면서도 저지르는 게 인간, 느끼면

서도 빠져나오지 못하는 게 인간이기 때문이다.('인간'
이라는 단어를 쓰는 게 어쩐지 나의 주관을 합리화하는
것 같기도 하지만 그래도 최대한의 솔직함을 담아 일단
이렇게 적어본다.)

　이번 겨울방학에는 사람을 거의 만나지 않고 지냈다.
반려견이 생긴 이후에 이동에 제약이 생기면서 생활 반
경이 동네로 자연스레 축소되었다. 사람과의 만남에서
오는 자극을 최소화하고 싶었던 것도 같다. 작심한 결과
는 아니다. 두 달 남짓의 방학을 지내고 뒤를 돌아다보
니 누적된 선택들의 결과가 그러한 것 같다. 그래도 사
람을 전혀 만나지 않은 건 아니다. 매주 줌으로 진행한
시 수업과 퀴어문학 수업이 있었고, 출판사와의 미팅도
몇 차례 있었다. 잠깐이지만 진주 본가에도 다녀왔고,
동네 카페 사장님들과는 일주일에 서너 번쯤 꽤 긴 대화
를 나눴다. 그런 날들이었다.

요즘은 계속해서 아팠던 이십 대가 떠오른다. 이십 대의 절반은 병인을 찾는 일에 시간을 보냈고, 나머지 절반은 수술과 회복, 그리고 재활에 전념하는 시간을 보냈다. 그래서 나의 이십 대는 꽉 차 있으면서도 텅 비어 있다. 병원이 집만큼 편안하고, 일 년 동안 친구는 한 명도 만나지 못하는 반면 수십 명의 의사를 만나던 시절이었다. 함께 일상을 공유하는 친구가 없으니 영화나 소설, 시 속에서 세상을 경험하고 메모를 끄적이거나 블로그에 글을 쓰며 나와의 대화를 이어나가던 시절. 아이러니하게도 나는 살면서 그때만큼 내가 외향적이라고 느꼈던 적이 없다. 그때에 비하면 지금은 거의 모든 걸 가진 인간으로 살고 있는 축에 속함에도 나는 훨씬 더 심각하게 우울하다. 또 한 번 아이러니하게도, 한창 병과 고투할 당시에 나는 우울하지 않았다. 수술 성공, 재활이라는 목표가 분명하게 있었고 나와 세계 사이를 채우는 것은 오직 그것만이 유일했으므로 나는 외롭지도 우울하지도 않았다. 누구보다 유쾌했고 누구보다 정신적으로 건강했다. 돌아보니 좀 기이하게 느껴지기도 한다.

이런 말은 굉장히 이기적이긴 하지만, 그때는 잃을 게 없어서 그랬지 싶다.(가족들에게 미안하다.) 그때 나는 수술에 성공하지 못하면 죽음만이 내 운명이라고 믿어 의심치 않았다. 그건 병으로 인한 비관이 내린 비약적 결론이 아니라 내가 시도해볼 수 있는 모든 선택지를 합리적으로 고려하고 계산하여 도출한 결론이었다. 다섯 번이나 수술실에 들어갈 때도 매번 두렵지 않았다. 수술실에서 나와 눈을 뜨고, 의사 선생님에게 결과를 들으면 두 가지 선택지 중에 하나를 고르면 될 일이었다. 그리고 그것을 고르는 건 의지가 아니라 몸이었기 때문에 심적인 부담이라고는 전혀 없었다. 수술이 잘되었다면 재활에 돌입하고, 결과가 좋지 않다면 그냥 여기서 삶을 종료하는 것. 병은 삶을 아주 단순하게 만든다.

재활은 즐거웠다. 나날이 달라지는 몸을 기록하고, 이전에 날 괴롭히던 통증들이 하나둘 사라져가는 것을 매일 새롭게 발견하는 것은 기쁨 그 이상이었다. 재활 운동에 열심히 몰두하던 그 시간들이 그립기까지 하다. 나는 내 몸을 그 무엇보다 사랑했고, 삶은 신선했다. 그 시절을 떠올려보면 요즘의 내가 살아가는 일상, 나의 몸은 잿빛이다. 축 늘어진, 만성적인 피로를 힘겹게 버티고 있다. 매일같이 무언가를 수양하는 사람처럼 마음을 다잡고, 또 다잡고, 밀려드는 온갖 의문들 속에서 허우적대다 겨우 잠든다. 매일같이 나는 무언가를 진심으로 포기하기 위해 노력하고 있다는 생각이 든다. 꼼짝없이 현재에 붙들려 살고 있지, 현재를 생생하게 즐기거나 살아내고 있지 못한다는 생각. 우울과 공황장애 판정을 받은 게 삼년 전이니 등단하고 일 년이 좀 안 됐을 무렵이었다.

독자이기만 하던 시절, 그건 곧 내가 재활에 힘쓰던 즐거운 시절과 동의어인데, 그때 나는 비평에는 조금도 관심이 없었으므로 아니, 아예 몰랐으므로 문학장에서 글이 어떻게 생산되고 발표되는지 알 길이 없었다. 알고 싶은 욕망 자체가 부재했다. 내게 문학은 책 표지를 펼치면 그 안에 들어갈 수 있는 활자들로 지어진 세상이었다. 그 공간 안에서 나는 자유로웠다. 그런데 등단을 한 뒤에는 출판시장에서도 가장 빠른 속도전을 펼치는 문학 잡지, 계간지를 무대로 활동하기 시작하면서 문학은 내게 전혀 다른 것이 되었다. 자유롭게 헤엄치는 광활한 세계가 아니라 읽어야 할 것들을 읽고, 써야 할 것들을 기한 내에 제출해야 하는 당위와 계약의 세계가 되었다.

작가라면 누구나 잘 쓰고 싶을 것이다. 글이 담고 있는 내용적인 차원에서뿐만 아니라 형식이나 미학적 차원에서도 마음에 드는 글을 써내고 싶을 것이다. 주어진 시간은 언제나 부족하다. 아등바등 송고하는 글들이 만족스러울 리 만무하다.(나의 경우는 그렇다.) 나는 자주 아픈 사람이므로 건강으로 인해 날아가는 시간도 적지 않았다. 이건 내가 어떤 일을 하든 평생 안고 가야 할 개인적인 문제이지만 업계의 시선은 그런 것들을 이해해줄 리 만무하다. 해줄 이유가 없다. 한 명의 평론가가 현장에서 글을 발표하며 느끼게 되는 문학의 구체적인 현실태는 문학장과 문단이고, 나아가서는 출판사들, 결국 회사가 된다. 이해관계와 손익을 고려하는 차원에서 내 건강은 그 누구도 이해해줄 거리가 못 된다. 잡지의 입장에서 특정 주제에 관한 비평을 써줄 필자가 반드시 나여야만 하는 이유도 없다. 평론가들은 도처에 있다.

　논의가 여기까지 오게 되면, 선택지는 다시 두 가지로 좁혀진다. '나'라는 필자가 그 누구도 대체 불가능한 인적자원이 되거나, 아니면 이 항상적인 불안을 공기처럼 숨 쉬듯 자연스러운 것으로 내면화하거나 둘 중 하나다. 그런데 두 가지 선택지 모두 버거운 일이다. 불가능에 가깝다. 세상에 대체 불가능한 평론가가 있을까? 배우나 음악가의 경우에도 그렇다. 레오나르도 디카프리오나 줄리앤 무어를 대체할 배우는 없지만, 그들이 사라진다고 해서 그들이 연기했을지도 모르는 그 역할이 사라지는 건 아니다. 바흐나 베토벤이 이 세상에 없었다는 극단적인 상상을 하더라도 마찬가지다. 그들이 없었다면 없는 대로 당시의, 그리고 지금의 음악사가 형성되었을 것이다. 세상에 대체 불가능한 건 없다. 자본주의의 생산 체제가 하나의 자연처럼 살아 움직이고 있는 요즘 시대라면 더더욱 그렇다.(심지어 나는 줄리앤 무어도, 바흐도 아닌데.)

나는 내가 공황장애와 우울증으로 인해 정신과에서 약을 꾸준히 처방받는 사람이 되리라고는 상상도 해보지 못했다. 정신과 진료에 대한 편견이 있어서가 아니다. 이건 마치, 내가 대장암에 걸리리라고는 상상도 못했다는 문장과 전혀 다를 바가 없다.(물론, 이 세상에서 일어나지 않으리라고 보장된 건 아무것도 없다는 걸 이제는 조금 더 알지만.) 나는 동료 평론가들의 건강을 심히 염려하기도 하고 많이 걱정한다. 인간은 순전히 자기 눈으로만 세상을 보니까 그저 나의 기우에 불과할지도 모르겠지만. 한편으로는 다들 자기만의 일상을 어떻게 잃어버리지 않고 잘들 살아나가는지도 궁금하다. 건강이 원체 좋지 않으니 마감이 자주 늦는데 늦을 때마다 담당자에게 미안하고, 미안한 마음만큼 속도가 나지 않을 때는 다시 더 속상해지고, 혹시나 건강 때문에 앞으로 글을 더 쓸 수 없게 되진 않을까 그런 걱정이 꼬리를 물고 또 이어지고…….

이런 것들이다. 이런 것들이 내 머릿속을 시도 때도 없이 떠다닌다. 많은 비평이 타자와의 연대, 고통의 윤리적 힘과 미학적 가치를 찾아내지만 그것들을 읽으면서 어쩐지 내 삶의 일부가 철저히 소외되고 있다는 생각이 들기도 한다. 그 어느 때보다 문학의 살아 있는 한가운데에 있다고도 할 수 있는 요즘 시절에 말이다. 어쩌면 그건 순전한 착각일지도 모르겠다. 문학의 한가운데에 있다고 느끼는 나의 감각이 틀릴 수도 있다는 말이다. 혹시 그런 것은 없는 게 아닐까. 잘 모르겠다. 문학이 단기적인 소비재로 점점 변모한다는 비판에 대하여 동의하고, 비평도 예외가 아닌 것 같다. 어쩌면 비평이야말로 휘발되기 가장 쉬운 장르 중 하나일 것이다. 그런 불안 속에서 쓴다.

최근 들어 자주 생각한다. 어쩌다 비평을 시작해서 이런 고생을 사서 하는 건가, 차라리 독자이기만 하던 시절이 더 행복하지 않았을까 등등. 그래도 나는 쓰고자 했을 것이다. 텍스트를 읽고, 노트를 끄적이고, 작품이 말한 것과 말하지 않은 것 사이의 틈새를 집요하게 파고들고, 머릿속의 생각을 한 편의 글로 만들어내는 일을 나는 순수하게 좋아하니까. 비평을 시작한 이들 모두가 그런 사랑으로부터 출발했을 것이다. 그 사랑이 일상의 루틴과 크고 작은 즐거움들을 밀어낼 만큼 대단하고 진지한 것이기 때문에 비평은 계속 태어날 수 있는 것이고. 다만 그런 사랑들이 위태로운 상황에 놓여 있는 모습을 보는 것이 힘들 뿐이다. 다들 어찌 저렇게 스스로를 몰아붙일 수 있을까, 그 모든 것에도 불구하고 계속해서 쓰고자 하는 것일까. 사랑의 진정성은 반드시 어려움을 담보로 계속해서 증명되어야 하는 것일까. 사랑하는 대상이 내일이 와도, 모레가 와도 여전히 내 곁에 있으리라는 안도감 속에서 좀 더 평온한 모습으로 사랑할 수는 없는 걸까. 어쩌면 그 어떤 예술에도 그런 안온한 사랑은 허락되지 않는지도 모른다. 모르는 게 참 많다. 그러니 계속해서 물음표를 담아두기로 한다.

———

한 편의 글이 내 앞에 도착하기까지 그 글이 거쳤을 어둡고 밝은 시간에 대하여 나는 조금도 알지 못한다.

다만 내가 경험한 시간들에 미루어 짐작할 뿐이다. 그러나 그 글이 각고의 노력 끝에 힘겨운 완성을 마쳤으리라는 것만은 안다. 글에 마지막 마침표를 찍고 손에서 놓아 보내는 것에는 모종의 숭고함이 깃들어 있다. 세상의 모든 글이 그렇다. 심지어 스스로가 최선을 다하지 못했음을 아는 글인 경우라도 마찬가지다. 여기까지가 나의 최선임을 시인하기란 정말로 어려운 일이다. 그 지점에서는, 그 마지막 마침표 앞에서는 누구도 거짓될 수 없다. 그래서 나는 내가 읽는 모든 글 앞에서 내가 가진 최선의 정직함으로 임한다. 허투루 읽지 않으려고 애쓴다.

오늘의 우울은 다소 깨끗한 편이다. 문장을 쓰고, 문단을 나누고, 여러 개의 마침표도 찍었다. 심히 다행스럽다. 어쩌면 인생의 목적이 행복인 것만은 아니라는 생각도 든다. 삶에는 행복만 있는 게 아니다. 그렇다고 해서 불행이 행복의 가치를 빛나게 해주는 도구적인 것에 불과한 것만도 아닌 듯하다. 어둠이 있어서 빛이 제 모습을 드러내는 것은 맞지만 어둠의 가치가 빛을 비추는 데에만 있는 것도 아니듯이.

내 삶에 다른 이들보다 많은 우울이 있다면, 그리고 앞으로 나를 계속 찾아온다면 나는 어떻게 해야 할까? 우울을 동반자로 삼아야만 문학을 하는 일이 가능하다면 말이다. 그래서 최근 나는 어떤 선택을 내렸다. 하루하루가 무언가를 헤쳐나가는 일들의 연속이라면, 어깨와 허리, 온몸을 짓누르는 피로가 죽기 전까지도 계속된다면 나는 그것들과 함께 더 넓은 세계를 보겠다고 말이다. 더 많은 것들에 대해 알고 싶고, 더 많은 것들을 경험하고 싶다. 이는 행복해지고 싶다는 말과는 조금 다른 말이다. 독자이기만 하던 시절의 행복도 분명 있지만, 쓰는 이가 되지 않았더라면 평생 몰랐을 어떤 영역을 지금의 나는 보고 있다. 겪지 않았다면 몰랐을 것들을 알게 됐다. 어차피 한 사람의 생이 이토록 짧다면 그동안 나는 할 수 있는 한 넓은 세상을 보고 싶다. 이런 생각에 이르고 나서부터는 그래도 많이 견딜 만해진 것 같다.

우울을 없애는 것이 불가능하다면, 내가 할 수 있는 일은 최대한 그것을 깨끗한 형태로 매일 닦아주는 일일 것이다. 사는 일을 그렇게 정의하기로 했다.

책상 앞 신당

무속에 꽤 관심이 많은 편이다. 학부 시절 종교학과에서 개설된 한국 무속에 관한 수업을 몇 번 들은 적 있다. 실제로 굿을 참관하러 가기도 했다. 어느 박수가 특강을 온 적도 있는데, 그날 무슨 일 때문이었는지 아쉽게도 수업에 출석하지 못했다. 지금도 두고두고 아쉽게 생각한다. 정 무속인을 만나보고 싶으면 점집에 가면 되지 않느냐고 말할지도 모르겠지만 나는 신점을 보러 갈 만큼의 배짱이 없어서 다큐멘터리나 유튜브 따위로 넘어다볼 따름이다. 연예인들 사주를 숨겨두고 무당에게 그 사람의 팔자를 맞춰보라는 식의 영상은 영 별로지만 가끔 일반인들이 얼굴을 밝히지 않고 상담하는 영상들을 보면 정말 흥미진진하다. 사람 사는 게 다 똑같다 싶으면서도 어찌 저리 다채로울 수 있나 싶다. 다들 분투하는 모습, 꺼내어놓은 고민을 제 일처럼 듣는 사람의 대화를 보면서 그들이 의도하지 않은 위로와 힘을 얻기도 한다.

무속을 종교로 삼는 인간은 아니지만 무속에서 바라보는 세계관에는 꽤 동의하는 편이다. 사람에게는 기운이 있고, 복이라는 것도 있고, 업이라는 것도 있다고 생각한다. 내가 이 세상에서 정말 대단하다고 생각하는 위대한 직업이 있는데, 하나는 농부이고 다른 하나가 무속인이다. 계절의 변화, 땅과 하늘의 에너지를 전적으로 수용하며 작물을 가꾸는 이들이 농부이고, 그 틈에서 살아가는 인간들의 운명, 그들의 흐름 속에서 균형을 찾고자 하는 이들은 무속인이다. 그러니 두 직업을 합치면 이 세상 만물과 자연이 모두 다 들어가는 셈이다. 인간의 의지와 노력의 완전한 바깥에 있는 세계에서 일하는

사람들이다. 나라는 인간은 억만금을 준대도 엄두도 못
낼 일을 그들은 한다. 나는 내가 자초한 일들로도 어쩔
줄 몰라하며 허덕이는데 그들은 자신이 어찌하지 않은
일들을 제 일로 삼아 살아간다.

　내가 무속인들을 보며 깊이 감동하는 가장 큰 부분은
기도이다. 그들은 산으로, 바다로 기도하러 간다. 몸과
마음을 깨끗이 하기 위해서다. 모시는 신의 몸주 된 자
로서 말이다. 무속인들의 기도가 특별하게 와닿는 이유
는 그들이 올리는 기도가 자신과 신만을 위한 것이 아니
라는 것이다. 그들은 세상의 고통을 짊어진다. 당골로서
의 우환과 근심을 기꺼이 받아 든다. 그들은 함께 앓는
다. 그들의 몸은 공유된 신체다. 인간 세파의 급류 속에
서 균형을 잡는 그들의 신성한 모습을 보면서 나도 기도
하는 마음으로 살아야겠다 생각한다. 그런데 기도가 무
엇인지 잘 모르겠다. 성경 구절을 외우는 일? 내 가족과
사랑하는 이들의 복을 비는 일?(근데 그건 좀 이기적이
지 않은가?) 잘은 모르지만 마음을 깨끗하게 하는 기도
라 함은 결국 명상에 가까운 일이 아닌가 생각도 해본

다. 내 안의 균형을 찾는 일, 매일 다가오는 내일의 시간을 담아낼 빈 그릇으로 몸을 만들고 비워내는 일.

무당은 기도하는 기간이 따로 있다고 들었다. 매일같이 산에 가고 매일같이 바다로 나설 수는 없는 일이니까 말이다. 일상의 기도는 신당에서 이루어질 테다. 교수님에게 받았던 무수한 자료와 유튜브 영상 덕에 꽤 많은 신당의 모습을 보았다. 저마다 제각각이다. 다 다르다. 요즘 무당들은 내 또래이거나 나보다 어린 세대여서 신당에 놓인 음식들이 퍽 세속적이다. 과자 봉지나 콜라와 환타 같은 것들도 올라 있다. 무섭고 살벌해 보이기까지 하던 신당이 갑자기 친근해진다. 신당도 어쨌거나 사람의 공간이다.

신당이 어떤 규칙과 문법으로 만들어지는지는 모르지만 아마도 신당의 주인이 가장 중요하게 생각하는 것들로 꾸려질 것 같다. 제의적 공간이니 마음을 정갈히 하고 집중할 수 있어야 할 것이다. 그러기로 약속된 공간이다. 또한 내방객을 맞이하는 곳이기도 하므로 자신의 정체성이 가장 진하게 배어 나오는 공간이기도 해야 할 것이다. 제의적 공간. 신성이 종교인들의 영역이라면 비종교인들에게 신적인 것은 영성의 형태로 찾아온다. 인간이 스스로의 삶을 최대한 메타적으로 바라보고자 하는 노력, 너머의 자리에서 자신의 시간을 바라보고 감각하고자 하는 노력을 나는 영성의 실천이라고 생각한다. 기도의 한 종류라고도 생각한다. 신당은 그러한 성찰과 돌아봄을 행하는 공간이다.

기도가 종교인들만의 것이 아닌 것처럼 신당도 그들만의 것은 아니다. 돌아보면 누구나 자신만의 신당과 같은 장소가 있을 테다. 온 집의 불을 끄고 커다란 소니 헤드폰에 차분한 클래식 음악을 틀어놓고 누운 껌껌한 이불 안이나 땀을 뻘뻘 흘리며 삼십 분 남짓 올라간 남산 서울타워 근처에 있는 서울이 한눈에 내려다보이는 벤치 같은 장소들이 내게는 영성이 깃든 것처럼 느껴진다. 하지만 뭐니 뭐니 해도 가장 오랜 시간을 보내는 '신당'은 책상이다. 카페나 도서관에서 작업할 때와는 사뭇 다른 느낌이다. 투명하고 커다란 비눗방울 속에 들어가 있는 느낌이 든다고 할까. 시간의 흐름도 여타의 연락이나 세상일들도 차단되는 장소, 작품과 나와 활자들만이 부유하는 공간.

그래서 그런지 책상 앞에 앉기 위해서부터가 많은 노력이 필요하다. 우선 마음의 준비가 필요하다. 마음속의 죄책감들을 말끔하게 정리하지 않으면 앉을 수가 없다. 답하지 않은 카톡이나 해야 할 일들을 그저 머릿속에 담아둔 채로는 결코 앉을 수 없다. 머릿속을 비워야 한다. 그래서 본격 작업을 시작하기 전에는 포스트잇에 머릿속에 담긴 것들을 일단 휘갈겨 쓴다. 모조리 비운다. 그래서 책상 오른편에는 온갖 종류의 포스트잇이 탑처럼 쌓여 있다. 옆에는 세 개의 연필꽂이가 삼각형 모양으로 놓여 있다. 칼로 깎은 여러 종류의 연필과 네임펜이 담긴 하얀색 일회용 커피컵, 두꺼운 형광펜과 만년필, 가위와 칼이 담긴 파란색 일회용 커피컵, 그리고 노란색 리락쿠마 머그에는 가장 자주 쓰는 색색의 볼펜과 색연필, 샤프 몇 자루가 담겨 있다. 책상의 가장자리에는 세 가지 종류의 립밤과 논픽션에서 나온 젠틀나이트 핸드크림과 보디크림이 놓여 있다. 포스트잇 위에 잡념들을 쏟고 나서는 비누로 오래 손을 씻고 돌아와 핸드크림과 립밤을 바른다. 그러면 키보드에 손가락을 올려둘 준비는 완료다.

책상 왼편에는 높이 조절이 가능한 독서대와 하얀 유령 모양의 인센스 홀더가 있고 라이터와 인센스 스틱들이 있다. 글이 막힐 때 피우는 용도이다. 생각이 문장으로 잘 풀어지지 않을 때는 무언가 막혔다고 느끼고, 그럴 때는 다른 자극을 부러 발생시켜 뇌를 환기한다. 유령 옆에는 이니스프리에서 나온 젤 형태의 손소독제가 있는데 손에 땀이 날 때 사용하는 용도다. 나는 총 여덟 대의 키보드를 가지고 있다. 그것들은 박스와 함께 책상 왼편 아래쪽에 정갈하게 쌓여 있다. 이런 말을 하면 정말 유난스러운 사람처럼 보일지도 모르겠으나 쓰는 글마다 다른 종류의 키보드를 사용한다. 어떤 글은 소리가 아주 적은 키보드로 써야 하고, 어떤 글은 손가락 끝에 키보드 스위치의 걸림이 강하게 느껴지고 구형 타이프라이터 같은 소리가 나는 것으로 써야 할 때도 있다. 다다르다. 유형화된 분류는 아니지만 어떤 글을 써야지,

하는 구상이 완료되면 작업을 함께할 키보드가 동시에 떠오른다. 거기까지 오면 작업은 순조롭게 진행되리라 예상할 수 있다.

간혹 마감이 난항일 때는 인형들을 데려다두기도 한다. 지금 나와 함께하고 있는 친구는 '영주'라는 이름의 하얀 오목눈이다. 어제는 졸린 눈의 분홍 토끼 '왓슨'이 옆에 있어주었다. 글이 끝나면 다시 침대나 선반 위로 데려다둔다. 하지만 이 모든 것으로도 일이 풀리지 않을 때는 이어폰이다. 집에서는 에어팟을 잘 쓰지 않고 유선 이어폰을 쓴다.(음질의 차이가 꽤 있다.) 벅스뮤직 앱을 켜고 몇 개의 곡을 플레이리스트에 붙여넣는다. 마감 전용 리스트다. 오로나민씨를 마셔도 힘이 나지 않는다면 김연자의 「아모르 파티」, 마감 기한은 촉박한데 문장의 속도가 느리다면 임창정의 「소주 한 잔」, 생각의 속도가 너무 빨라서 차분한 집중을 하고 싶다면 박민혜의 「그런 일은」(박화요비 원곡), 이유 없는 긍정의 기운 속에 있고 싶다면 소녀시대의 「다시 만난 세계」.

특히 김연자의 「아모르 파티」는 2022년 여름에 이미

상의 첫 소설집 『이중 작가 초롱』문학동네, 2022 해설을 쓸 때 주야장천 들었다. 여름 독감에 걸려서 꽤 오래 고생을 했는데 해설 기한을 미룰 수가 없어 정말 있는 힘을 다해 썼다. 뙤약볕이 내리쬐는 한여름에 김연자의 패기 넘치는 목소리를 들으면 마감을 무조건 해낼 수 있을 것 같은 착각이 고조되었고 정말로 무사히 마감을 넘겼다. 쓰면서도 '이게 맞나? 더 나은 문장은 없을까?' 싶을 때 '일단 쓰자, 쓰고 보자'의 마음가짐을 만들어주었다. 그래도 도저히 할 수 없을 때는 김신영이 진행하는 「전국노래자랑」의 클립을 찾아보기도 했다. 무대 위에서 오직 '지금'에 미쳐 있는 참가자들의 에너지와 김신영의 화끈한 진행을 보면 속이 뻥 뚫렸다. 그러면 다시 책상 앞에 앉아서 또 그 힘으로 써나가고, 그러기를 반복했다. 이미상의 내달리는 문장들 속에서 김연자의 목소리, 온몸의 열과 함께 헤매던 그 여름. 돌아보면 너무나 소중하고 즐겁다.

일부러 죄책감과 대면하게 하는 노래도 있다. 「소주 한 잔」을 나는 '마감 송'이라고 특별히 부르는데, 가사를 듣다보면 마치 파주출판단지에서 담당자가 내게 "여보세요"로 시작하는 음성 메시지를 전하는 것 같은 착각에 휩싸이기 때문이다. "편집자입니다/ 원고는 잘 진행되고 있는지요/ 원고는 언제쯤 주실 수 있을까요" 절박하고 애절하게 부르는 멜로디가 편집자의 목소리와 겹쳐 들리며 그렇게 가슴을 후벼 팔 수 없다. 마감이 늦어지는 이유는 게으름을 부리거나 작업을 회피해서가 아니라 그저 오래 걸리기 때문이다. 단순한 이유다. 왜 오래 걸리느냐 하면 포기를 못 해서다. 이게 내 최선이 아닐 거라는 고집, 더 나은 생각과 문장을 채굴할 수 있으리라는 괴상한 확신에 사로잡힌다. 마감은 다른 데서 오는 게 아니라 바로 그 아집을 내려두면 절로 온다. 「소주 한 잔」은 그러한 포기를 북돋워주는 곡이다.

빅마마의 노래들은 언제나 사랑이다. 진심을 담아 부른다는 것이 무엇인지 알고 싶다면 유튜브에서 빅마마의 라이브 공연 영상을 랜덤하게 재생해보면 단박에 알 것이다. 종교와 무관하게 노래가 기도가 된다는 게 무슨 말인지 이해할 것이다. 노래는 몸이 만들어내는 진동이자 울림이다. 순수한 물질로서의 신체는 없으므로 그러한 진동과 주파수에는 몸이 매 순간 상호작용하는 정신과 마음의 물질 또한 스며들 수밖에. 그 어떤 잡념에도 사로잡히지 않고 제 몸을 악기로 만드는 가수들을 보면 절로 겸허해진다. 비슷한 맥락에서 판소리 앨범도 종종 듣는다. 젊은 소리꾼들의 패기 넘치는 소리도 매혹적이지만 연륜 있는 소리꾼의 곡을 들으면 금세 그렇지, 소리는 삶의 두께가 그대로 들어가는 거지, 하면서 거듭 감동한다. 십 년, 이십 년이 넘는 세월 동안 한결같이 무대에 서주는 아티스트들을 보면 진심으로 고마운 마음이 든다. 이 형언할 수 없는 마음을 도대체 무어라 말해야 할지 모르겠으나 그저 감사한 마음이다. 꿈을 이룬다는 것은 과녁에 화살을 쏘아 맞추는 것처럼 일회적으로 일어나는 하나의 사건에 그치는 것이 아니라 결국은 온 생을 통해 계속해서 만들어나가는 그 과정 자체라는 걸 몸소 보여주는 이들이 그저 고마울 따름이다.

고백하건대, 소녀시대의 「다시 만난 세계」는 나를 정말 여러 번 울렸다. 2007년 데뷔 무대에서부터 도쿄돔

라이브 공연까지, 소녀시대는 모르겠지만 나는 소녀시대와 함께 자랐다. 최순실 국정농단 사건 당시 이화여대 학생들이 떼창을 했던 역사도 있지만, 그 곡이 대학교 캠퍼스에서 불릴 수 있었던 데에는 그만큼 절대적인 힘이 이 곡에 내장되어 있기 때문이다. 마음이 누더기처럼 찢어진 것 같지만 이대로 머물러 있고 싶지는 않다고 느낄 때, 무언가 잘못된 것들을 바로잡고 그것들을 딛고 삶을 새로고침하고 싶을 때 플레이 버튼을 누른다. 이 곡을 듣다보면 내 삶을 있는 그대로 무한정 긍정하고 싶어진다. 그게 「다시 만난 세계」의 마력이다. 그것만이 유일한 정답이라고 생각하게 만든다.

지난여름이 특히 그랬다. 2023년 여름은 두고두고 잊지 못할 계절로 기억될 텐데, 살면서 나는 그런 기이한 바쁨을 겪어보지 못했다. 수면이 아니라 쪽잠의 연속이었고 어제, 오늘, 내일이 이어지는 게 아니라 무한한 오늘이 몇 번의 쪽잠들을 경첩 삼아 계속되었다. 끝이 보이지 않았다. 그래, 기억난다. 황인찬의 시집 『이걸 내 마음이라고 하자』문학동네, 2023 해설을 작업하다가 거실로 나와 문득 대낮의 소파에 앉아 영상 하나를 봤다. 서울시향에서 「다시 만난 세계」를 오케스트라 버전으로 녹음한 영상이었는데 어느 순간 내가 끅끅 소리 내어 울고 있었다. 그 영상은 예술고등학교 학생들과 함께 촬영한 것으로, 소녀시대의 지난 뮤직비디오 클립과 더불어 예고 학생들의 일상을 편집하여 만든 것이었다. 회화 전공, 발레 전공, 첼로 전공의 학생들이 나와 연주를 하거나 춤을 추는 연습 시간을 촬영하여 부분 부분 삽입했다. 그들을 보면서 문득 이 시절의 바쁨이 내게 두 번 다시는 오지 않을 시절이겠구나, 하고 깨달았다. 나는 생에서 가장 환한 순간들 중 하나에 지금 들어와 있구나, 하고. 그것은 순진한 행복이나 기쁨과는 전혀 다른 종류의 벅참이었다. 그 어느 때보다도 활활 타오르고 있는 삶의 열기에 소진되어 있는 내가 보였다. 나가떨어지기 일보 직전의 내가. 그런데 지금 이 지친 상태가 살면서 두 번 다시는 오지 않으리라는 동반된 예감 속에서 문득 살아 있음 자체가 고마워졌다.

글을 쓴다는 건 어쩌면 온 힘을 다해 누구도 듣지 않

는 나의 노래를 기록하는 것과도 같을지 모른다. 나만이 들을 수 있는 노래. 그건 기도의 일종이지 않을까. 그렇다면 내가 마주하는 매번의 작품들은 신당에 일정 기간 머물렀다 가는 작은 신들일 것이다. 텍스트와 나만이 주고받는 무언의 밀도 높은 대화와 전투들. 내게 비평을 써보라고 권하신 우찬제 선생님은 비평이 텍스트와 대결하는 일이라고 말씀하신 적이 있다. 그 말을 처음 들었을 때는 어찌하여 대결인가, 그것은 다만 대화나 사랑의 행위가 아닌가? 하고 반문했지만 몇 년 써보니 이제는 조금 알 듯도 하다. 비평을 쓴다는 것은 텍스트와 내가 벌이는 싸움이다. 서로가 서로를 겨눈다. 텍스트가 나의 의식과 일상을 송두리째 잠식하기도 하고, 나의 사유가 텍스트를 향해 돌진하기도 한다. 사랑 없이는 결코 발생할 수 없는 집요함과 치열함, 그것은 전투다. 마감이라는 물리적 제약이 없다면 어쩌면 무한히 이어질 수도 있는 텍스트의 지배력에 맞서 싸워야 한다. 단, 이 대결은 승자와 패자를 가리지 않는다. 울고, 웃고, 아파하는 그 모든 시간 속에서 텍스트와 나는 결국 서로의 일부가 된다. 서로를 점유하게 된다. 그것만이 목적이다.

　이런 시간이 나의 '신당'에 있다. 책상 앞을 떠나면 나는 이러한 신들림에서 놓여나지만 매일같이 나는 이곳으로 되돌아온다. 세속의 모든 것을 내려놓는다. 그러니 왜 비평을 계속 쓰느냐는 질문에 답하기 어려울 수밖에. 무당에게 왜 기도를 올리느냐고 묻는 질문과 비슷하지 않을까. 쓰는 글들이 독자들에게 건너가는 일은 차후의 일이다. 살아가는 행위 자체가 비평이라고 느낄 때가 많다. 상대방의 목소리를 듣고 그 안에 담긴 것과 그가 부러 담지 않은 것을 가려내어 이해하는 일, 그것이 나의 세계와 어떻게 공명하는지 찾는 일. 어떤 존재와 깊이 밀착하여 그의 시간을 함께 살아내는 일은 기도와도 같다.

이별 후의 매뉴얼

워드프로세서의 빈 화면을 켜놓고 문장을 이렇게 오래 도록 시작하지 못한 건 참으로 오랜만이다. 이별이라니. 겪을 때마다 마치 생애 최초의 사건처럼 삶을 무너뜨리고 마는 듯한 이 단어의 시작을 어디서부터 어떻게 해야 한단 말일까. 이별이라는 말 앞에서 며칠을 머무르다가 겨우 쓴다. 써둔 것을 모조리 지우고 김치사발면에 날달 걀 하나를 올려 책상으로 가져와 키보드를 두드린다. 새벽 세 시다.

우선 머릿속에 떠오르는 대로 다시 적어보기로 한다.

할아버지, 병원, 학교, 옷, 시험, 시골, 펩시콜라, 예고장, 감옥……. 나를 떠나간 것과 내가 떠나보낸 것들의 이름이다. 인생의 한 시절을 속절없이 떠나보내는 불가항력의 이별도 있고 혹은 기를 쓰고 해내야만 하는데도 끝끝내 하지 못하는 이별도 있다. 계속해서 불시착하는 운석들처럼 머리와 마음이 충돌하고 갈등할 때 우리는 시간의 무한루프 안으로 갇힌다. 오늘은 후자에 대해서 말해보려 한다.

한밤중에 후배로부터 한 통의 전화가 걸려온 적 있다.

"언니, 드디어 헤어졌어요."

나에게 유독有毒한 줄을 알면서도 끊어내지 못하는 관계, 나의 정신과 일상의 평화를 실시간으로 부수는 것을 알면서도 떠나지 못하는 관계는 도대체 왜 계속되는가? 지금 이 글을 이렇게나마 쓸 수 있는 것은 내가 그 이별의 프롤로그와 본문 그리고 에필로그까지의 집필을 기어코 마쳤기 때문이다. 비로소 '이제는 쓸 수 있다'는 떠나옴의 국면이다. 한편으로, 여기에서 상정되는 모종의 관계성은 하나의 것을 지시하지 않고 그간 내가 겪어온 이별에 대한 복수plural의 집합체로 빚어진 임의의 형상임을 일러둔다.

———————

이별에 관한 모든 이야기는 시작도 진행도 아닌, 끝이 도래한 후에야 비로소 사건과 관계의 전말이 서서히 또렷해지는 후일담이다. 누군가 혹은 삶의 어떤 시절을 떠나보내고 나면 우리는 지나온 시절을 돌아본다. 돌아봄의 자리에서는 이런 질문들이 발생한다. 나는 그 관계에서 어떤 모습이었나? 그 관계에서 내가 바라던 욕망은 무엇인가? 그가 내게 바랐던 것, 그러나 내가 주지 못한 것은 무엇인가? 왜 나는 그것을 줄 수 없었나? 왜 그는 나에게 그런 것들을 바랐나? 내가 힘들어한 대상의 실체는 무엇이었나? 물음표가 가리키는 대상의 자리에는 다양한 사람과 사물과 사건 등을 넣어볼 수 있다. 심지어 '나'도 대입할 수 있다. 이 질문들은 이별에 연루되었던 너와 나에 대한 성찰로 시작하지만 종국에는 늘 '나'

에 관한 돌아봄으로 귀결된다. 아무리 많은 애정과 노력을 기울인 관계라 하더라도, 관계는 늘 2인분 이상의 것이라 하더라도, 나의 몸에 남은 잔해는 결국 '나'의 것들이기 때문이다.

여러 차례의 상담과 정신과 진료를 통해 나는 세상의 많은 일에는 나름의 당위가 있다고 생각하는 사람인 것으로 밝혀졌고, 관계가 그러한 당위에 들어맞지 않는 모양새로 흘러가면 온몸을 불사르며 혼란스러워하고 아파하는 이였다. 예를 들면, 누군가가 나의 관심을 받기 위해 일부러 나를 소홀과 무례로 대하면서 다소 폭력적인 표현들을 던질 때 나는 그러한 상황이 '나'와의 관계에서 발생했다는 사실 자체만으로 몹시 힘겨워하며 내가 그에게 전했어야 할 나의 슬픔과 화를 안으로 끌어당기며 웅크렸다. 관계의 표면으로, '나'의 바깥으로 표출했어야 할 감정들 안에서 어쩔 줄 몰라하며 두려워하기만 했다. 물론, 용기 내어 말을 한 적도 없지는 않았다. 그러나 그렇게 행동하지 말아 달라, 그건 당신이 바라는 바를 얻을 수도 없으며 단지 내게 상처만 남길 뿐이라고 말해도 돌아오는 건 더욱 심한 공격뿐이었다. 상상할 수 없을 정도의 날카로움으로 무장한 말들이 그에게는 그저 자신의 욕망을 주장하는 언어에 불과했다는 걸 겨우 인지하게 된 것은 이별이 있고 나서 오랜 시간이 지난 후였다.

두 사람의 생이 얽혀서 만들어내는 관계는 둘 이상의 욕망이 경합하는 장소다. 누군가와 내가 잘 맞는다면 그건 욕망이 완벽하게 일치하기 때문이 아니라 서로가 서로의 욕망을 인정하고 수용해주었거나, 혹은 수용할 수 없다 하더라도 그 없음에 대한 납득을 정직하게 해나갈 수 있는 토대가 있기 때문이다. 나와 같은 타자는 우주 어디에도 없다. 다만 한 사람이 할 수 있는 노력과 성찰의 최대치로, 리쾨르의 말을 빌리자면 "타자로서의 자기 자신"을 발견하는 것이 겨우 가능할 따름이다. 타자 됨을 자기됨과 분리된 대립물이 아니라 오히려 자신의 한 부분으로서 놓아두면, 세계는 완전히 다르게 보인다. 나의 절대적 외부성이기만 하던 타자의 존재 조건을 내 안으로 들여올 때, 우리는 다른 세상을 만난다. 그와 나는 이러한 '자기-타자'가 맺는 관계적인 문제에서 정확히 반대의 벡터를 내달리고 있었다. 그는 타자인 내가 자신과 (거의) 같아지길 바랐고("이렇게 하지 않는다면 넌 날 사랑하지 않는 거야!"), 나는 나의 타자성을 그의 세계로부터 어떻게든 확보하려 애썼다. 동시에 나는 그의 타자성을 내 안에서 도대체 어찌 헤아려야 할지 갈피를 잡지 못하기도 했다. 그저, 그가 나를 조각하며 부수는 내 세계의 외피가 산산조각 떨어지는 걸 보면서 슬퍼하는 일이, 내가 할 수 있는 전부라고만 판단했다.

한편으로 그는 내가 그런 그를 연민하기를 바랐다. 그러나 나는 그에게 공감하길 원했으며 또한 공감받기를 원했다. 종종 의문한다, 연민과 공감의 차이는 무엇인가? 전자는 파토스의, 후자는 에토스의 언어인가? 혹은 힘의 영역에서 전자가 후자보다 훨씬 더 직접적이고 강렬한 것인가? 한 번 더, 리쾨르에 의하면 연민과 공감은 자기와 타자의 역학 관계에서 차이를 보인다. 연민의 행위에서 '나'는 타자가 처한 모든 처지로부터 면제되기에 자기성이 타자성을 압도한다. 반대로, 공감의 세계에서 자기성은 타자성에게 너무나 쉽게 굴복한다. 공감은 주체의 적극적이고 능동적인 행위성을 요청하므로 처음에는 자기성이 타자성보다 우월한 듯 보일지도 모른다. 그러나 공감의 세계에서 나에게 가장 큰 영향력을 행사하고 나의 감각을 구성하게 되는 것은 결국 타자성이므로(말 그대로 감각의 전염이므로) 끝내 둘의 위치는 전복된다. 공감의 세계에서 '나'는 '너'를 이기지 못한다. 그것은 자발적 패배다.

그와 나는 이런 식으로 극단에 서 있었다. 그러나 서로의 어떤 부분들을 사랑했고, 욕망했고, 가까이 맞닿아 있기를 바랐으므로 서로를 깎아내는 이러한 마찰들을 기꺼이 감내했다. 그러나 우리는 도저히 교차할 수 없다는 걸, 심지어 나란히 나아가는 일조차 불가능하다는 사실을 깨달았을 때 '나'는 '너'를 떠났고 '너'는 그런 '나'를 역시, 받아들이지 못했다. 끝까지, 나는 그를 연민하고 싶지 않았다. 연민의 대상이 되기도 싫었다.

해롭고 유독하지만 끊어내지 못하는 관계의 아주 대표적인 사례로 담배가 있지 않을까 싶다. 이 경우는 자신을 스스로 해치면서도 관계로부터 발생하는 모종의 쾌락이 끊임없이 간섭하는 경우다. 순간적으로 획득되는 욕망과 즐거움이 결과적으로는 나를 해하는 걸 알면서도 그 관계와 나를 계속해서 결탁시키는 모순이다. 앞에서 말한 2인칭이나 3인칭의 자리('너'와 '그')에 들어가는 것이 담배거나 술이라면 그래도 차라리 낫지 싶다. 그것들은 우리의 인격적인 변형을 크게 가하진 않는다.(물론 과도한 음주로 합리적인 판단력을 상실하는 경우는 당연히 예외다.) 그러나 그 자리에 배치되는 것이 가족이나 연인, 지도교수 등과 같이 삶의 성장과 향유에 지대한 영향을 미칠 수 있는 존재들이라면 당신은 반드시 이별을 준비해야만 한다. 우리는 직감적으로 떠나야만 할 것 같은 대상들을 꽤 잘 감지한다. 그것을 알아차리는 일 자체가 가장 큰 난관인 것은 아니다.

우리가 정말로 민감하게 주의를 기울여야 할 점은 여기까지가 아니라 바로, 여기부터다. 당신이 이별을 고하는 상대가 담배도 술도 아닌 어떤 사람이라면 당신은 아마도 그를 가해자로, 그리고 당신을 피해자로 위치 지으려 할 것이다. 그건 본능적인 유혹이기도 하고, 실제로 얼마간 사실이기도 하며, 타당한 면이 있다. 그러나 공감의 세계에서 자기성이 타자성을 초반에 압도하다가 종국엔 타자성에게 자신을 내어주었던 것처럼, 당신은 이별 후 그러한 가해자와 피해자의 구도에서 빠져나오도록 노력해야 한다. 여기에는 타협의 여지가 없다. 반드시 빠져나와야 한다. 그렇지 않으면 당신은 '피해자'라는 안락한 소파에서 결코 일어날 수 없을 것이다. 그 소파는 당신의 무릎을 아프게 할 것이고 종내엔 나무처럼 그 자리에 붙박이게 만들어 아무것도 하지 못하게 할 것이다. 그가 물리적으로 당신의 세계에서 추방된다 할지라도 당신이 털어내지 못한다면 그는 당신의 인식을 영원히 좌지우지하며 영향력을 행사할 것이다. 이미 옆에 실재하지 않는 그에게 서서히 잠식되는 줄도 모른 채 당신은 소파의 아늑함에 묻혀 시간을 탕진하고 말 것이다. 이는 모든 이별에 해당하는 주의사항이다.

그렇다. 방금 나는 아주 조심스러운 단어, '피해자'라는 말을 썼다. 우리가 말해온 논의 속에서 가해와 피해의 구도는 법적인 문제 또는 문서나 서류로 다루어질 법한 사실의 차원에만 속하지 않는다. 철저히 관계 내 당사자들의 감성과 인식의 세계에 실재하는, 허구가 아닌 현실의 문제다. 생각해보라. 그렇게 치열하게 사랑하고 싸우고 슬퍼하고 아파한 후에 피해자들만 남는 관계란 얼마나 허망한가. 물론, 이별 직후에는 각자의 억울함이 있고 찻잔이나 술잔을 앞에 두고 주변인들과 허심탄회한 시간을 갖는 일은 분명 필요하다. 고마운 사람들의 덕을 입어야 할 때이다. 우리는 모두 타자와의 관계 위에서 지탱되며 살아가니까. 공감에 기초한 이해의 과정은 주체가 세계를 바라보는 시선을 안정화한다. 고립감과 소외로부터 나를 지켜주는 건 '나'의 자기합리화가 아니라 '너'의 인정과 수용이다. 얼마간의 감정적 지지를 얻은 후, 이별한 자는 소파를 박차고 일어나야 한다. 그래야 새로운 길과 꽃과 새들을 만나고 교감할 수 있으니까. 당신의 삶을 제 몸으로 삼으려는 손아귀에서 벗어나 당신의 삶을 함께 가꾸어줄 다정한 두 손을 맞잡아야 하니까.

이 글을 읽는 당신이 현재 어떤 이별의 어떠한 국면을 지나고 있는지 모르지만 많은 이들이 모종의 두려움으로 이별을 무작정 끈덕지게 견뎌내고 있을 것 같다. 관계에 속했다는 것은 어쨌거나 상대를 사랑하고 아끼는 마음의 발로로 이루어진 것일 테니 말이다. 관계의 종료는 그 모든 것을 떠나보내야 함을 뜻하기도 한다. 더 이상의 안부와 식사를 걱정할 수 없고 힘들 때 내가 힘이 되어주겠노라 선뜻 말하기 어려워지고, 어쩌면 그와 나 사이에 형성된 친구들 모두를 잃어버려야 할 수도 있을 것이다.

정여울은 『마흔에 관하여』한겨레출판, 2018에서 정확히 이러한 관계를 이별한 경험을 허심탄회하게 풀어놓는다. 그는 사랑이라는 이름으로 자신을 착취하던 애인을 떠나보내며 가장 두려웠던 것 중 하나가 친구들을 잃게 될지도 모른다는 거였다고 한다. 그러나 그는 사랑하는 타자들을 잃어버릴지도 모른다는 위험과 자기 자신의 독립성과 자유로움을 통째로 잃어버리는 일 중에선 마땅히 후자를 의지적으로 지켜야 한다고 말한다.

참으로 이상한 것은 관계를 '끝내자'고 한 것은 내 쪽인데, 그 후로 오랫동안 더 깊은 상실감을 느낀 것 역시 내 쪽이었다는 것이다. 돌이켜보니 그것은 그 사람을 비롯한 다른 타인들, 그러니까 그와 함께할 수 있었기에 만날 수 있었던 다른 사람들과도 모질게 인연을 끊어야만 그의 거대한 존재의 그늘을 벗어날 수 있다는 강력한 예감 때문이었던 것 같다. (…) 나는 그때 사랑했던 사람과 그 주변의 많은 선후배들을 잃었지만, 누군가의 친밀함과 다정한 보살핌 없이도 꿋꿋하게 살아남는 법을 배웠다.

—「거절해야 나 자신이 된다」 부분

나는 힘겨운 이별을 끝낸 이들에게 이 책을 건네고 싶다. 그는 자신의 상처를 솔직하게 내보이지만 그것은 자기과시도, 미화도, 합리화도 아닌, 오히려 그 모든 손쉬운 책략들을 단호하게 배격하는 방식으로 자기 자신과 정직하게 거리를 두며 이야기를 들려준다. 연민과 사랑, 괴로움이 뒤섞인 혼란의 시절을 통과하고 나서 우리 안에 소슬히 떠돌고 부유하는 물질들이 무엇인지에 대해 그의 글을 읽으며 알아가게 된다.

앞서 말했듯 '자기'self 라는 말에는 두 가지 층위가 있다. 하나는, 내가 스스로를 바라보며 형성해나가는 자기동일성이며 다른 하나는 타자와의 관계성에서 정초된 자기성이다. 연민은 전자에게 다가가고 공감은 후자에게 손을 내민다. 단언컨대, 후자의 영역에서 '나'를 받아들이려 하지 않는 이와 이별을 고민하고 있다면 가감 없이 그 선택지를 집어 들라고 말하고 싶다. 자기동일성의 세계에 '나'를 구속하려는 이는 '나'의 고유한 활력과 세계를 인정하지 못하는 사람이다. 타자, 관계, 사랑, 돌봄, 슬픔, 괴로움 — 이 모든 다채로움은 삶을 더욱 껴안기 위해 우리가 겪어내는 세상의 미스터리가 아닌가. '나'의 오롯한 무늬와 세계를 부수는 자와는 과감히 이별하라. 그리고 자기동일성으로의 폐제를 기꺼이 파괴하는 타자들 속으로 흘러 들어가라. 다가올 새로운 사람들과 인연에 손을 내밀어라. 이젠 소파에서 일어날 시간이다. 맛있는 저녁을 먹으러 가자.

도수가 맞지 않는 안경

미안하다는 말은 분명 함부로 남발할 말이 아니지만 그 한마디를 하지 않았을 때 발생하는 부작용은 생각보다 훨씬 크다. 진심이나 진정성이라는 말과 더불어 아무리 자신의 입장과 마음을 설명한다 해도 "그러니 내가 미안해"라는 말이 뒤따르지 않는다면 그 모든 '진심'은 그 저 거대한 자기합리화와 배출의 시간에 불과하고 말 것이다. 미안하다는 말은 패자의 언어가 아니라 용기 있는 자의 말이다. 자신의 선택과 행동, 언어가 다른 누구도 아닌 바로 나에게서 비롯한 것들임을 인정하고 그에 뒤따르는 효과에 대한 책임 역시 나에게 있음을 받아들이는 말이다.

사람은 자신이 평생 살아오며 설계해둔 프레임 안에서 세상과 타인을 바라보고, 심지어 스스로의 모습 또한 그것을 통해서 바라보기에 관계 맺기의 어려움은 매번 새로운 낯섦 속에서 다채롭게 발생한다. 하지만 타인을 이해한다는 것은 그 존재 자체를 완전하게 이해한다는 것이 아니라(과연 그게 가능할까?) 현재 나와 맺고 있는 그 사람의 일부를, 내가 만든 틀이 아닌 그 사람의 틀 속에서 이해하며 내 세계로 다시 틈입시키는 일이다. 이를 이해하는 순간에 내가 만든 틀은 꼭 그만큼의 부피만큼 깨어지고 조각나 부서진다. 매끄러운 자아의 표면에 균열이 생겨 내가 다치는 일이라고 표현할 수도 있겠으나, 역설적으로 우리는 그만큼 흠집이 날 때 더욱 건강해지는 것이다. 그와 내가 최소한 그 지점에서만큼은 동등한 점이 되어 하나의 선분을 그릴 수도 있다.

예전에 이런 일이 있었다. 나의 내밀한 것들을 공유하고 기꺼이 시간을 함께 허비하던 친한 이가 등을 돌린

적이 있었다. 그는 내가 의지하고 믿는 몇 없는 사람 중 하나였다. 그러다 둘 사이에 어떤 오해가 발생했고 그 과정에서 그는 그저 말없이 멀어지기를 택했다. 다른 이 들로부터 그가 나에 대해 나쁜 말을 하고 다닌다는 것도 전해 들었다. 몹시 분개했지만 그래도 그 사람을 끝내 미워할 수 없었다. 그가 세워둔 논리와 해석의 틀 안에 서는 사실과 무관하게 내가 그렇게 보였을 수도 있겠구 나 하고 납득했기 때문이다.

어떤 관계는 내가 상대방보다 몇 갑절 더 노력하고 이 해해야 유지되기도 한다. 왜 모르겠는가. 그러나 내가 먼저 다가선 만큼 그쪽도 한 발 더 나와주길 바라는 마 음은, 나 역시도 그에게 이해받고 싶은 마음이 있었기 때문이다. 말하자면, 내가 그를 좋아했기 때문이다. 자 신의 마음에 갇혀 상대의 마음을 건너다볼 여유가 없는 사람들 틈 속에서 누군가는 계속해서 조금 더 너르게, 너르게 이해해야만 한다. 물론, 내가 나의 프레임을 조 금씩 깨고 바깥의 것들을 볼 수 있게 해주는 경험은 나 를 성장시켜주는, 그러니까 결과적으로 내게 '좋은' 일이 되리라는 것도 당연히 안다. 하지만 나도, 나 역시도 누군가가 조금 더 너른 품으로 나를 품어주기를 바랐던 것 같다. 그걸 바란 이유는 내가 그를 좋아했기 때문이었던 것이고.

관계 자체를 유지하는 방법을 모르지 않는다. 그리고 그 방법대로 하는 것이 큰 부담이나 무리인 것도 아니다. 다만, 관계가 원만하다는 그 바람직한 결과 외에 그 관계에서 나 역시도 이해받고 싶었던, 챙김 받고 싶었던 욕망은 여전히 남아서 문제가 된다. 내가 나보다 몇 해 더 앞서 살아온 이들에게 기대하는 것은 그런 이해의 방식이다. 당연히, 나라고 해서 그들이 내게 원하는 것을 알맞게 주었을 리도 없겠지만, 그럼에도 이해받고 싶다는 욕망. 어쩌면 그 마음이 계속해서 나를 너와 연결시키는 인력일지도 모른다고 생각하므로 나는 이 한 줄기 미련도 아닌 기대도 아닌 무언가를 끝내 포기하기가 어렵다. 하지만, 그래도, 그래도…….

어쨌든 그는 내가 끝끝내 미워할 수 없는 사람이므로, 연락이 없던 기간 동안 그가 원망스러웠다기보다는 그저 잘 지내나, 얼굴 보고 싶네, 하는 생각이 들었다. 내가 먼저 연락하는 게 어려운 일은 아니었으나 그가 나의 연락을 탐탁지 않아한다면 내가 먼저 연락을 건넸을 때 생겨날 다른 일에 대한 염려도 있었다. 내 선에서는 그의 마음을 알 수 없다는 것이 문제였다. 내가 아무리 그를 향해 다가간다 하더라도 그가 내 쪽으로 조금도 오길 원치 않는 상태라면……. 그 모든 노력은 아무 쓸모가 없을 터였다.

친밀한 관계는 말하지 않아도 많은 것들을 서로 느끼고 보는 사이지만 바로 그렇기 때문에 어떤 것들은 부러 언어를 통해 바깥으로 공표되어야 한다. 내가 그를 이해하고자 하는 마음이, 그가 나를 이해하고자 하는 마음이 단지 선의의 추론과 납득에 의해서가 아니라 명확하고 부정할 수 없는 사실의 형태로 서로에게 도착했을 때 생겨나는 튼튼한 힘이 있다. 관계를 더욱 잘 유지하고 싶은 마음, 그가 더욱 소중해지는 마음.

실상 내가 바란 건 다만 한마디였다. *너는 괜찮아? 좀 어때? 너도 힘들었지?*

나날이 만나게 되는 새로운 사람들과 새로운 사건들 속에서 한 겹씩, 삶은 달걀에서 벗겨내는 하얀 속껍질의 두께만큼 세계가 새로워진다. 마치 영화관에 앉아 있는데 스크린이 옆으로 조금씩 계속 더 늘어나는 걸 보고 있는 기분이라고 해야 하나. 어제는 없던 것들이 오늘은 갑자기 출몰한다. 장마가 막 끝난 후에 두꺼운 뭉게구름들이 하얗게 피어오르고 매미들이 가열하게 울고 아스팔트에서 35도짜리 열기가 솟아오르면, 나는 나날이 한 뼘씩 줄어든다. 작아진다. 실제로 삶이 확장되기도 할 터이지만 내가 작아짐으로써 세상이 넓어지는 효과도 있을 것이다. 그리고 나는 내가 작아지는 게 좋다. 편안하고 보잘것없고 사소해지는 평범함에서 오는 너른 시야가 좋다. 우리는 아주 작고 사소한 존재들이면서 바로 그런 방식으로 강해진다. '나'라는 자아가 얼마나 작은지 깨달으면서 비로소 '너'를 조금 더 이해하게 된다. 문학이 나를 단련시키는 이유가 있다면 바로 그 한 줄의 진실을 전해주기 위해서라고 생각한다. 그리고 그것이 세상과 어울려 살아가게끔 하는 힘이라고도 생각한다.

때로 우리는 작아지기 위해 성장한다. 그건 타인의 안경을 써보는 일과도 같다. 도수가 전혀 맞지 않아서 명확해 보이던 사물들이 어지럽게 보이고 다른 크기로 변모하는 혼란을 겪는 일. 비록 그 시야가 일시적인 찰나의 광경에 불과할지라도 그러한 경험들은 좋음의 차원을 넘어서 필요의 차원에서 중요하다. 거절당하는 경험, 이해에 가닿지 못하고 멀어지는 관계들은 성공과 실패라는 조악한 도식으로는 견인될 수 없는 불가해한 이해 속으로 우리를 밀어넣고, 바로 그때 우리는 세상을 보고 있던 우리의 시력이 단지 '나'의 것이었을 뿐임을 깨닫는다. 나의 것이 깨어질 때 너에게로 넘어갈 수 있다. 삶을 제대로 산다는 것은 내 주변에 놓인 무수한 안경들을 써보는 일이고, 그래서 산다는 게 이토록 어지러운 일일 수밖에 없음을 조금씩 알아간다. 물론, 어디까지나 내가 나의 세상에만 머무르고 싶어 하지 않는 경우에만 가능하다.

누군가에게는 지금 여기에 쓰인 나의 소회가 어쩌면 꽤 불편하게 와닿을 수도 있을 테다. 에세이를 읽을 때 우리가 기대하는 것은 현실의 어지러운 마음을 조금이라도 말끔하게 해줄 개운한 이야기들일 테니 말이다. 하지만 세상이 그렇게 명백하던가? 복잡하고 어지럽고, 문장과 단어로 다 담기지 않는 것이 사람과 사람이 만들어가는 세상이다. 각자의 맥락이 있고, 각자의 안경으로 보는 서로 다른 상황이 있고, 그들이 원하는 각자의 욕망이 있다. 그런 것들이 동시에 모두 충족되면 참으로 좋겠으나 그렇지 않은 경우가 훨씬 더 많아서, 그래서 우리는 누군가를 사랑한다. 사랑하기 때문에 그 사람의 안경을 기꺼이 써보고 싶은 것이다. 그게 내 시야를 마구 어지럽힌다 해도 말이다. 어쩌면 누군가가 보기에 이런 마음은 다소 건방지고, 오만하며, 비대한 자아의 단면이라고 말할 수도 있을 테다. 그럴지도 모른다. 현재 내가 할 수 있는 최대한의 노력은, 만약 이러한 마음이 그저 나의 한낱 좁디좁은 이기심이라면 그것이 얼른 깨어지기를 그리고 내게 새로운 풍경을 보여주기를 기도

하는 일뿐인 것 같다.

종종 우리는 고립된다. 그건 우리가 여러 존재들 사이에서 살아가기 때문인 것 같다. 애당초 혼자라면 그런 소외감이나 고독이 이토록 크게 다가오지 않을 것 같다. 사랑하는 이들에게 내가 바라는 것은 그들이 나의 시력에 맞춰주는 게 아니다. 그저 내가 쓰고 있는 안경이 그가 쓰고 있는 것과는 다른 것임을 한 번쯤은 알아줬으면 하는 마음이다.

나는 미안함을 느낀다. 나의 안경으로는 미처 보지 못했던 것들에 대하여, 그것들을 놓친 것에 대하여 진심으로 미안하다. 그리고 그 미안함은 마땅히 상대방에게 어떤 형식으로든 전달되어야 한다고 생각한다. 미안하다는 말은 내가 상대의 입장을 미리 생각하지는 못했을지언정 사후적으로라도 중요하게 생각한다는 마음의 표현이다. 귀책사유가 더 많은 사람만이 할 수 있는 말이 아니다. 미안하다고 말한다 해서 내가 더 잘못한 사람이 되는 것도 아니다. 어떤 사람은 미안하다는 말을 해야 하는 사이라면 차라리 멀어지라고, 그게 속 편하다고도 하지만 글쎄, 그게 정말 최선일까?

오래된 물건에는 세월의 흔적이 있다. 손때와 작은 흠집들, 펜 자국 같은 것이 물건에 시간과 공간의 힘을 새겨넣는다. 언제나 새것 같은 물건을 원한다면 오래된 것들은 버리는 게 답이겠지만 나의 수많은 순간을 함께 경험한 물건이라면 그런 작은 생채기들은 오히려 나를 다른 이들과 구별 지어주는, 마음의 역사를 방증하는 흔적이 될 테다.

상처가 많은 시대다. 어느 순간부터 유튜브에 '손절해야 할 사람의 기준' 같은 제목의 영상들이 많아졌다. 물론, 정말로 끊어내야 할 관계가 있다. 사람을 이용가치로 재단하고 도구로 사용하거나 착취하는 사람과는 멀어져야 한다. 그게 맞다. 하지만 우리가 서로 좋아하기 때문에 저도 모르게 마음을 다치는 관계라면, 그 부위를 도려낼 것이 아니라 연고를 바르고 반창고를 덧대야 하지 않을까. 그리고 그걸 해줄 수 있는 건 서로의 '너'일 것이다. '나'는 너에게 '너'이듯 '너'는 너에게 또 다른 '나'일 테니까.

마지막 이별은 없다, 아직은

보통 주변에 흡연자 친구들이 있으면 담배를 배운다고 하는데 반은 맞고 반은 틀린 것 같다. 친구 손에 당근케 일주스가 들려 있다고 해서 그런 걸 배우게 되지는 않으 니까. 맛이나 냄새의 차원을 떠나서 담배가 중독적인 가 장 큰 이유는 모종의 행위성 때문인 것 같다. 가령 어떤 방정식을 도저히 풀 수 없다면 그나마 시도해볼 수 있는 건 임의의 수들을 대입해보는 것일 텐데, 물론 그렇게 해서 문제가 풀릴 확률은 매우 낮지만 그럼에도 계속 값 을 하나하나 대입하는 이유는 바로 어떻게든 문제를 풀어내고자 하는 의지를 가시화하려는 물리적인 행위 때문이다. 다시 말해 자신의 노력이 제 눈에 보이게 된다는 것. 그게 연기다. 담배에 불이 붙고 난 후부터는 '시간을 죽인다'는 말이 더는 비유가 아니게 된다. 모든 흡연자는 킬러다. 타들어가는 연초와 바닥에 짤막짤막하게 떨어지는 재, 스멀스멀 피어오르는 연기, 규칙적으로 교환되는 호흡들로 죽어가는 시간은 허공과 바닥으로 토막 난 채 떨어진다. 눈앞에 펼쳐지는 것은 막 죽은 시간의 잔해들이다.

담배를 피우면 자연히 무언가를 응시하게 된다. 내 마음일 수도 있고 나를 훑고 지나간 타인의 시선이나 말들일 수 있다. 부유하던 것들이나 미루어둔 것들이 연기 속에서 피어오른다. 담배에서 중요한 것은 다시 한번 말하지만 연기다. 어떤 효과가 가시성을 띤다면 비록 그것이 단지 찰나의 순간이라 할지라도 그 순간은 여타의 지표 없는 시간들과 뚜렷하게 구별된다. 일상 속에서 담배를 피우는 시간은 좋게 말하자면 독립, 나쁘게 말하자면 회피의 효과를 부른다. 담배가 재가 되고 난 후에도 세계는 결코 변하지 않는다는 것은 모두가 아는 사실이다.

사람이 힘들 때만 담배를 태우는 건 아니다. 혹자는 원고를 보내고 나서 느린 기지개와 함께 피우는 담배가 세상에서 제일 시원하다고 하고, 혹자는 오랜만에 만나는 즐거운 사람들과 노나 피우는 술자리 담배가 무엇과도 비교할 수 없다고 한다. 확실히 여럿이 모여 담배를 피우며 나누는 이야기에는 특별한 분위기가 어려 있다. 맥주잔을 부딪치며 와자지껄하게 벌이던 이야기판이 담뱃불 앞에서는 조곤조곤해진다. 그런 다정함은 남녀노소를 불문하고 담배 앞에서만 드러나는 비밀스러운 모습이다. 게다가 술잔을 앞에 두고도 좀처럼 말하지 않을 것 같은 비밀들은 연기 속에서 잘도 흘러나온다.

담배의 매캐한 연기 속에서만 발설될 수 있는 이야기가 있다는 것을 인정한다면, 당신이 흡연자이냐 비흡연자이냐에 따라 아래의 시는 완전히 다르게 읽힐 수밖에 없음 또한 인정해야 할 것이다. 어쩌면 아예 읽을 수 없을지도 모른다. 나의 독해와 당신의 독해는 많이 다를 것이다.

나는 기체의 형상을 하는 것들.

나는 2분간 담배연기. 3분간 수증기. 당신의 폐로 흘러가는 산소.

기쁜 마음으로 당신을 태울 거야.

당신 머리에서 연기가 피어오르는데, 알고 있었니?

당신이 혐오하는 비계가 부드럽게 타고 있는데

내장이 연통이 되는데

피가 끓고

세상의 모든 새들이 모든 안개를 거느리고 이민을 떠나는데

나는 2시간 이상씩 노래를 부르고

3시간 이상씩 빨래를 하고

2시간 이상씩 낮잠을 자고

3시간 이상씩 명상을 하고, 헛것들을 보지. 매우 아름다워.

2시간 이상씩 당신을 사랑해.

당신 머리에서 폭발한 것들을 사랑해.

새들이 큰 소리로 우는 아이들을 물고 갔어. 하염없
이 빨래를 하다가 알게 돼.

내 외투가 기체가 되었어.

호주머니에서 내가 꺼낸 구름. 당신의 지팡이.

그렇군. 하염없이 노래를 부르다가

하염없이 낮잠을 자다가

눈을 뜰 때가 있었어.

눈과 귀가 깨끗해지는데

이별의 능력이 최대치에 이르는데

털이 빠지는데, 나는 2분간 담배연기. 3분간 수증
기. 2분간 냄새가 사라지는데

나는 옷을 벗지. 저 멀리 흩어지는 옷에 대해

이웃들에 대해

손을 흔들지.

— 김행숙, 「이별의 능력」 전문

『이별의 능력』, 문학과지성사, 2007

시의 첫 행으로 미루어보건대 머리에서 연기가 피어오르는 당신은 담배의 은유가 아니다. 당신을 사랑하는 '나'는 담배이자 연기이다. 내장은 연기 나는 굴뚝이며 혈관은 붉게 부글거리고 새들은 황지우의 말처럼 세상을 뜨고 있다. 세계가 와장창 부서지는 중에 '나'는 초연하다. 그것의 혼란한 매캐함 속에서 '나'는 빨래와 낮잠과 명상을 이어간다. 실로 고도의 집중과 몰입이다. 그런 와중에 '나'는 '당신'을 사랑한다. "2시간 이상씩 당신을 사랑해"라는 고백은 '나'의 일상이 지닌 밀도의 60배만큼을 사랑한다는 뜻이다.(담배 한 개비를 태우는 데에 2분이 걸린다면 2시간을 채우는 담배의 개수는 60개다.) 일상적인 감각의 수십 배만큼을 사랑하는 '당신'을 두고 시인이 노래하는 것은 그 사랑이 아니라, 그것의 반작용으로 일어나는 이별에 관해서다.

단단한 육체가 투명한 기체로 변할 만큼 '당신'을 열렬히 사랑하는데, 그러면서 맑고 깨끗한 "이별의 능력"이 돋아난다. 마치 이별하기 위해 사랑했던 것처럼, "이별의 능력"을 발휘하기 위해 사랑했던 것처럼. 시를 여

러 번 읽다보면 이별할 줄 모르는 이에게는 깊은 사랑
이 허락되지 않는다는 전제를 자연스럽게 수긍하게 된
다. 온몸으로 남김없이 사랑을 쏟아부은 후에야 그것의
사라짐 또한 사랑으로 포획할 수 있는 것일지도. 담배를
태웠던 2분에 비례하여 찾아오는 다음 2분 동안, 모두
재가 되고 난 후에 오는 새로운 시간이 흐르는 동안 연
기는 서서히 사라진다. '나'에게서 멀어진다. 그러나 흔
적조차 허락하지 않는 이 이별은 슬프지도 괴롭지도 안
타깝지도 않다. 담담히 옷을 갈아입는 것처럼 빨갛게 반
점처럼 익어 가던 담배가 멈춘다. 끝. 이제는 키스할 때
가 아니라 옷과 머리칼에 묻은 것들을 털어내야 할 때.
그것은 강한 욕망도 거부도 아니다. "눈과 귀가 깨끗해
지"며 '최대치로 이별하는 능력'은 이다지도 투명한 자
세다. 어쩌면 이별은 생에서 단 한 번뿐인 것이 아니라
무수히 반복해야 하는 것이기에 깨끗하게 "손을 흔들"
수 있는지도 모르겠다.

　마지막 담배의 순간은 언제 찾아오는 걸까? 살아가면
서 우리가 하게 될 마지막 이별은 언제일까? 그게 언제

인지 과연 우리는 알 수 있을까? 그러나 빨래를 하고 낮잠을 자고 아름다운 것들을 보며 노래하는 한 연기는 그저 계속해서 피어오를 것이다. 마지막 이별은 없다, 아직은.

2부

사랑이 잘 보이도록

완벽한 눈송이

'크리스마스' 하면 산타도 있고 루돌프도 있고 아기 예수님도 있고 슈톨렌도 있겠지만 크리스마스엔 뭐니 뭐니 해도 눈이다. 눈이 내린다면 그 겨울날은 분명 크리스마스다. 게다가 예수님은 분명 이 세계에 오직 한 번만 태어나진 않았을 것이 분명하다. 살다보면 예수의 여러 얼굴을 만나게 된다.

나는 경남 진주에서 태어났고 진주에서는 십 년에 한 번꼴로 겨울의 눈을 만날 수 있다. 눈이 오면 그날은 모두가 하던 일을 일시 중지하고 나가서 눈을 본다. 초등학교 3학년인가 4학년인가, 갑자기 창밖으로 펄펄 눈이 내렸고 학급 모두가 일제히 소리를 질렀다. 담임선생님은 모두 운동장으로 얼른 뛰어나가라고 우리를 내보냈다. 그런 기억이 초중고 시절을 통틀어 한 번뿐이므로 진주에 눈이 얼마나 '자주' 오는지 더는 길게 말할 필요가 없지 싶다. 오 분이라도 십 분이라도, 눈사람을 만들 수 있을 정도로 눈이 오면 더할 나위 없는 축제가 벌어지고 싸락눈만 내려도 모두가 얼굴을 45도쯤 하늘로 향한 채 와아— 입을 벌린다. 스무 살에 서울로 온 후로 눈은 내가 그간 평생 보았던 것보다 수십 곱절로 만났지만 아직까지도 눈이 오면 마냥 마음이 부드러워진다.

특히 올 12월에는 눈을 꽤 자주 만났다. 아침에도 보고 낮에도 보고 밤에도 본 날이 여러 날이다. 그중 가장 기억에 남는 눈은 며칠 전 새벽 다섯 시에 본 눈이다. 바람 없는 새벽의 까만 공중에서 아주 천천히 내리는 눈은 묘하게 영적인 느낌을 주었다. 완벽한 육각형 모양의 눈송이를 그날 만났다. 정말로 완벽했다. 마치 컴퓨터가 그래픽으로 그려낸 것처럼. 무슨 생각에서였는지 까만 토끼가 그려진 엽서를 들고 밖으로 나갔는데 그 까만 털 위에 눈송이가 착륙하면서 제 몸의 솜털 같은 결정을 숨김 하나 없이 드러냈다. 눈이 발가벗을 수 있다고 생각해본 적이 없는데 분명 내 눈앞에 착지한 이 단 하나의 눈은 분명 다 벗고 있었다. 적당히 가리지 않고 오히려 완전히 내보였을 때 가장 완벽할 수 있는 순간을 목도할 수 있다니, 신기했다. 그럴 수도 있구나.

그렇다면 이 완벽한 눈송이가 어찌 내게 도착한 것일까. 몇 가지 조건이 있을 수 있겠다고 생각한다. 하나는 바탕이 된 토끼의 까만 털이고, 다른 하나는 역시 눈이다. 엽서 위에 올려진 눈 말고도 눈들이 세운 눈을 보았다. 세심하게 잘 상상해주길 바란다. 그러니까, 담벼락에 쌓인 두꺼운 눈이불이 육각형의 눈송이를 세워두었다는 말이다. 목말을 탔다고 해야 할까 아니면 눈이 만든 선반 위에 꽂혔다고 해야 하나. 그때 알았다. 눈이 다 같은 눈이 아니구나, 다 다르구나. 이렇게 글자로 적고 보니 너무 뻔한 말 같아서 별것 아닌 것 같지만 이건 꽤나 큰 깨달음이었다. 어떻게 다르냐 하면 매 순간, 그 순간에 맞게 다 다르다.(쓰고 보니 더 아리송한 말 같다.) 눈송이를 사람으로 바꾸어 생각해볼 수 있을까.

말하자면 우리가 모여서 만들어낸 이 세계 속에 자리한 우리의 모양은 세상에 오직 단 하나뿐인데, 그것은 변하지 않는 절대 불변의 고정된 상이 아니라 시간과 계절, 기후, 주변 환경에 따라서 정해지는 유일무이한 찰나라는 말이다. 잠깐씩 드러나는 그 모습들이 매번 우리의 가장 정확한 형태는 아니며, 그래서 그 가장 정확한 형태를 목격하게 되는 우연의 행복은 기가 막히게 아름다울 수밖에 없다는 말이다. 현미경이나 돋보기 없이 그저 무심코 나간 밤에 가장 완벽한 눈의 형태를 두 눈으로 목격한 이 우연을 확률로 치면 얼마일까? 내가 이 시간에 바깥에 나올 확률, 눈이 때맞춰 내릴 확률, 눈들이 다른 눈을 받쳐줄 수 있을 만큼 쌓여서 그 위에 눈송이가 세로로 정확히 꽂힐 확률, 그리고 기온과 바람의 조건이 적절해서 재빨리 녹지 않고 형태의 변화를 멈추고 있을 확률……. 얼마나 될까? 내 머리로는 계산이 불가능하다. 그러므로 뒤이어 나를 덮친 것은 결국 이 생이 얼마나 희박한 확률들의 순간으로 구성되어 있는 하루하루인지에 대한 깨달음이었다. 과하게 낭만적이라거나 낙관적이라 할 수도 있겠다. 하지만 나는 최대한의 솔직함과 정직함으로 내가 목도하고 겪은 의식들을 내어놓고 있다는 것만을 알아주었으면 한다. 때로 다른 모든 것들이 우리를 져버려도 유치해 보이는 낭만과 낙관이 우리의 뒷덜미를 덥석 낚아채서 안전한 곳으로 옮겨두곤 한다.

'삶이 소중하다'까지는 아마도 각자 나름의 순간과 각성 속에서 깨닫는 공통의 출발점이 있을 것 같다. 하지만 '그래서 앞으로 어떻게?'부터는 모두가 달리 나아가는 듯하다. 이를테면 삶이 소중하니까 내가 좋아하는 것들을 더 많이 누리고 욕망에 솔직해져야겠다고 다짐하는 사람이 있을 수도 있겠고, 또는 삶이 소중하니까 욕망에서 벗어나서 좀 더 소탈하게 살아야겠다고 마음먹는 이도 있는 것이다. 나는 이런 생각을 했다. 몇 년 채되지 않는 유한한 삶이 소중하니까, 그리고 이 유한함은 굉장히 희소한 것들의 무던함으로 채워져 있으니까,

그러니까 집착과 강박을 적극적으로 배격하고 아주 느—으—런 믿음으로 이것들을 고스란히 통과해야겠 다는 생각을 했다. 육각형의 정확한 각도와 직선을 한참 들여다보고 있으니 그런 생각들이 절로 피어올랐다. 나 도 모르는 채 나는 기도를 하고 있었다.

그러니 눈 오는 날은 죄다 크리스마스라고 어찌 말 하지 않을 수 있겠는가. 삶과 사람과 세상과 이 모든 것 들을 지나가는 나를 돌아보고 보듬고 정돈하게 되는 순 간은 인간이 영적인 것과 대면하는 순간이다. 한참 동 안 육각형을 쳐다보다가(건너편 빌라 아저씨의 담뱃불 이 두 번 꺼졌다) 가로등 불빛 아래에서 내리는(마치 가 로등이 흩뿌리는 듯한 착각을 일으키는) 눈 '들'을 좀 더 보다 들어왔다. 다음 날 아침에는 눈이 얼마만큼 녹았을 까 궁금해하며 마당으로 또 나갔다. 아침은 밤과 다른 깨달음을 전해주었다.

가장 아름다웠던 것들이 제일 먼저 녹는다.
가장 나중에 녹는 것은 서로 뭉쳐 있던 것들이다.

크리스마스는 우리에게 근거 없는, 그러나 아주 절대적인 크기의 낙관을 주기도 하는 듯하다. 선험적으로 부여된 초월적인 믿음이 아니라 아주 구체적인 몸의 감각으로 체득된 경험적 사실로 구성된 믿음의 귀납. 눈 오는 밤은 그래서 춥지 않구나, 했던. 부디 모두에게 크리스마스가 제대로 크리스마스이기를. 새해에는 우리 모두 단 하나의 완벽한 순간을 목도하는 복된 우연이 한 번씩 또 찾아오기를.

이런 일요일

서른다섯 살이다. 대환장이다. 말도 안 된다. 위기다.

———

오늘은 종일 흐렸다. 새해의 두 번째 일요일이다. 호두랑 아침 산책을 하다가 들른 동네 카페에서 달밤 블렌딩을 마시던 도중에 빗방울이 짧게 떨어지는 걸 보고 미술관에 가야겠다는 생각이 들었다. 예술인은 무료입장이라는 '올해의 작가상'을 보러 국립현대미술관에 가기로 했다. 전시에 관한 이야기를 여기서 구구절절 늘어놓을 순 없지만 모든 텍스트의 모음이 그러하듯 나를 매혹하는 것과 영감을 주는 것들이 있었고 과거의 유물들을 새것인 듯 포장해둔 것들이 있었다. 편차가 있었다는 말이다. 동행과 나는 전시장에서 다섯 시에 빠져나오기로 했으므로 세 시간가량 전시를 보다가 그만두었다. 안국과 후암동은 가깝기 때문에 가까운 시일 내에 언제든 부담 없이 올 수 있다. 일행을 배웅하고 에어팟을 끼고 경복궁 뒷담을 끼고 걸었다. 언제부터인가 흐린 날을 좋아하게 되었다. 햇빛이 보이지 않는 날은 거의 평생 나를 힘들게 했는데 서른을 몇 살 넘기고부터는 점차 편안해지더니 이제는 '좋은 날씨다!'라고까지 하는 지경이 되었다. 저기압 때문에 무릎은 아프지만 마음은 은은하게 즐겁고 차분해진다.

교보빌딩까지 걷기로 한다. 플레이리스트에 추가해둔 1980년대 팝이 나온다. 알란 파슨스 프로젝트는 천재가 틀림없다. 그루브가 뭔지 아는 작자들이다. 관절을 정지상태로 둘 수 없게 만드는 멜로디와 비트. 거리엔 귀마개를 하고 털모자를 쓰고 장갑을 꼈는데 짧은 치마를 입은 사람들과 나처럼 커다란 이불 같은 롱패딩을 입은 사람들이 섞여서 지나간다. 광화문 횡단보도 앞에 서면 언제나, 서울에 막 올라왔던 스무 살부터 지금까지 단 한 번도 빼놓지 않고 언제나 어떤 중심에 선다는 느낌이 든다. 동시에 나라는 인간이 한없이 작아지면서 세계를 구성하고 있는 좌표평면의 무수한 점들 중 일부가 되는 것 같다. 머리부터 발끝까지 온 세포의 감각이 열리는 동시에 그와 정비례로 소멸을 향해가는 자의식의 가벼움이 너무 좋다. 노래는 에어 서플라이의 곡으로 넘어가고 달고나 냄새가 난다. 서점이다.

광화문 교보문고는 딱히 사야 할 책이 없을 때에도 뭔가 사야 할 책이 있는 것만 같은 착각을 멀리서부터 퍼뜨린다. 시청역 즈음에서나 서촌 삼계탕집에서도 그 낌새는 강력해서 마치 예언처럼 작동한다. 그리고 가게 되면 반드시 한 권 이상은 꼭 책을 사서 나온다. 소득이 없으리라는 걸 이미 알고 있지만 그럼에도 불구하고 빠지지 않고 보게 되는 코너는 스테디셀러와 베스트셀러다.

뻔한 한숨을 쉰다. 신간 코너와 이달의 책 코너를 보다가 불현듯 직접 보고 싶었던 책들의 제목이 떠올라 키감이 거의 죽다시피 한 키보드로 검색한다. 찾는 책들은 대개 사회철학 코너에 있고 서가에 찾으러 가면 그 책이 아니라 그 책 옆에 놓인 내가 모르는 다른 책들을 기쁘게 발견하며 데려온다. SNS나 인터넷 서점의 홍보 문구를 보고 장바구니에 담아두었던 책들의 페이지를 실제로 넘겨보면 실망하는 경우가 부지기수여서 내려놓기가 일쑤이다. 온라인 서점이 아니라 오프라인 서점에 가는 이유는 바로 그 책과 이웃하고 있는 책들을 발견하기 위해서다.

———————

백팩에 팔만 원어치의 두꺼운 책들을 대충 구겨넣고 청진옥으로 가서 맥주 한 병을 같이 시킬까 말까 고민하다가 아까 넘겨다본 어떤 책(제목이 기억나지 않는다)의 한 구절이 떠오른다. 정확하지는 않지만 대충 '오프라인은 이제 관광이다'라는 내용이었다. 그렇다면 온라인이 실제의 삶을 대체해버렸다는 전제가 들어 있는 셈인데, 그렇다면 나는 오늘 얼마만큼의 관광을 한 것일까 가늠해본다. 이게 관광인가? 나는 그냥 즐겁고 흐린 어느 일요일을 보냈을 뿐이다. 그렇다면 관광 아닌 것, 일상의 삶, 무미건조하고 지겨워서 좀처럼 특별하게 와닿지 않는 시간들은 죄다 스크린 속에 있게 되었다는 말인가? 가게의 1인석이 지나치게 문 앞이고 초라해서 사람이 없는 김에 안쪽 테이블을 달라고 직원한테 말하면서도 곱씹는다. 서점에서 기쁜 마음으로 책을 사고 청진옥 해장국 한 그릇과 테라 한 병을 주문하는 이것이 나의 관광일까?

저 문장이 무슨 의미인지는 어렴풋이 알 것도 같다. 작은 브랜드에서 출발해서 꽤 유명해진 회사로 거듭난 사업체의 젊은 CEO들의 이야기를 모은 책이었는데, 그들이 입을 모아 말한 요지는 취향과 감성을 팔아야 한다는 것이었다. 개인의 사적인 취향과 감성이 팔린다는 말이다. 장사꾼들은 자신이 만든 것을 사람들이 사게끔 만들어야 하기도 하지만, 그보다 더 빠르게 성공하려면 역으로 이미 잘 팔릴 수 있는 것을 팔아야 한다. 나는 글을 쓰는 사람이고 글쓰기가 나의 생계에 가능한 많은 보탬이 될 수 있기를 바라므로 어떤 글이 잘 팔리는지가 몹시 궁금하다. 광화문 교보문고의 베스트셀러를 한 지표로 생각할 수 있다면, 한국은 이미 잘 팔리는 책들이 계속해서 잘 팔리는 독서 시장이다.

서점에서 사람이 손에 쥐고 있거나 뚫어져라 보고 있는 책의 표지에는 대개 '서른' '마흔' 등의 단어와 '위로' '괜찮아'로 구성된 문장이 적혀 있다. 그들이 원하는 건 불안을 잠시나마 달래줄 수 있는 믿을 만한 목소리라고 생각한다. 인간은 누구나 공평하게 나이를 먹으므로 나이 들어가는 이들이 들려주는 이야기에서 무언가를 발견할 수 있다고 생각한다. 뇌세포를 조금이라도 비틀어서 가동해야 하는 책은 구입 고려의 대상에 없다. 이미 지치고 힘든 일상을 더욱 힘들게 할 뿐이다. 이런 심정을 모르는 바는 아니지만, 나는 그래도 사람들이 다양한 종류의 책을 읽었으면 좋겠다. 물론 내가 비평이라는 상대적으로 낯선 장르의 글을 쓰는 인간이기 때문이기도 하지만 어떻게 살아야 할 것인가에 대한 고민과 선택은 결국 다양한 개성에 따라 자기 자신이 내리는 것이므로, 좋은 선택을 하기 위해서는 그 다양성과 고유성을 동시에 키워야 하기 때문이다. 이러한 방향성을 사람들도 모르지 않는다. 그래서 손쉽게 자기계발서를 집어 든다. 읽고 있으면 삶이 나아질 것 같은 낯선 낙관이 나를 엄습하기 때문이다.

말에는 주술적인 힘이 있어서 실제로 좋은 말들을 많이 접하면 주변의 기운이 바뀐다. 기운이라는 말에서 거리감을 느낄 이들을 위해 다시 쓰면, 내 주변을 구성하는 원자들이 재배치된다. 또 한 번 다르게 말하면, 결국 그것은 시선의 변화다. 결국 내가 세상을 대하는 시선이 바뀐다는 말이다. 자기계발서의 가장 큰 유혹이자 맹점은 바로 거기에 있다. 자기계발서의 말들은 나의 뇌에서 도출된 것이 아니라 다른 이의 뇌에서 나온 것이므로 그것을 읽는 나는 다른 이의 변화를 구경하는 일에 지나지 않는다. 관광하는 독서다.

타인이 내어놓은 성찰의 결과들을 돈을 주고 산다. 구입하면 내 것이 되는 물건처럼 삶의 변화도 이제는 살 수 있는 것처럼 느껴지는 시대가 됐다. 종이책뿐만이 아니라 온오프라인 강의들도 마찬가지다. 거기에 적힌 것들이 약간의 길잡이가 되거나 힌트를 줄 수는 있다. 하지만 질적인 변화를 직접적으로 일으키지는 못한다. 그래서 늘, 자기계발서가 팔린다. 정말로 그런 책들을 통해 삶을 변화시킬 수 있다면 자기계발서가 꾸준히 많이 팔리지 못할 테다. 늘 팔린다는 말은 늘 그러한 변화의 갈증에 시달리는 독자들이 있다는 말과 같다. 수요가 공급을 만든다. 서점 문을 열고 나올 때는 늘 아쉬운 마음이다. 베스트셀러나 스테디셀러 코너에서 자기계발서를 찾을 수 없어 놀라는 날이 언젠가는 올까?

내 기억으로는 1990년대 중후반까지도 베스트셀러의 대다수는 최신 소설과 시집이었다. 전체 독서 시장에서 문학이 큰 비중을 차지했다. 그리고 그 목록은 매달 거의 바뀌었던 것 같다. 내가 본격적으로 한국문학을 읽기 시작한 것은 대학교 졸업반 즈음이었다. 그 전에는 전공을 둘러싼 세계문학에 심취했다. 문학은 언제나 내 삶을 갱신해주었다. 세상이 온통 이해할 수 없는 것들로 가득할 때 문학은 깔끔한 정답을 제시하지 않고 다만 세계의 복잡하고 모순된 면면들을 정직하게 내보여주었고 나는 그 경험과 풍경 속에서 울고 웃고 괴로워했다. 내게 들이닥치는 감각들을 정확하게 인지하려고 애썼던 그 시간들이 돌아보면 삶의 여러 고비를 버티게 해준 힘이었던 것 같다.

삶을 견디고 살아내는 힘은 워런 버핏이 와도 살 수 없다. 화폐 가치로 전혀 환산될 수 없으며 그 어떤 방법론으로도 쓰일 수 없다. 문학은 정말 살아가는 일 그 자체와 많이 닮아 있다고 느끼는데, 문학장에서 벌어지는 암투나 인정투쟁, 미시적인 권력 다툼 같은 것은 동일한 욕망을 가진 인간들을 모아놓으면 발생하는 작은 전쟁 같은 것들이며, 그럼에도 불구하고 시나 소설을 읽어내는 것은 그 누구도 대신할 수 없는 '자기만의 일'이어서 아무리 보잘것없는 하루라 할지라도 직접 내 심장과 폐로 살아내지 않으면 안 되는 삶의 하루와도 똑 닮았다.

동시대에 태어나는 문학을 더는 읽지 않게 되는 현상은 그러므로 자기 삶을 타인의 신체로 살아내겠다는 욕망이 확장되는 것처럼 느껴진다. 이 얼마나 말도 안 되는 일인가. 나 아니면 도대체 누가 내 삶을 살아낸다는 말인가?

해장국에는 평소보다 많은 양의 선지가 들어 있었다. 커다란 텔레비전 아래에서 뉴스 타임라인을 스크롤하면서 맥주 반 잔을 삼켰다. 할아버지 다섯 명이 옆 테이블에 앉았다. 중년으로 보이는 직원에게 한 할아버지가 '아가씨!' 하고 부른다. 그러고는 아주 정중하게 메뉴를 주문한다. 우리는 2024년의 두 번째 일요일에, 같은 날, 같은 시, 같은 곳에서 같은 메뉴를 먹지만 나와 그들은 다른 시대를 살아내고 있다. 시대를 공유한다는 것은 그런 것이다. 자기만의 입, 자기만의 목소리, 자기만의 생각, 자기만의 언어로 먹고 씹고 뱉고 삼키는 것이지, 누군가가 이미 그렇게 해둔 것들을 책정된 가격만큼을 지불하고 얻어올 수 있는 것이 아니라는 말이다. 선지와 천엽 쌀밥과 대파도 남이 먹어줄 수 없는 것인데 어찌

이 생을 뚫고 나가는 힘을 거저 얻을 수 있단 말인가. 이가 없어서 씹지 못한다면 제 잇몸으로라도 씹어 삼킨다. 문학이 대중과 점점 더 멀어지는 자리에서 나는 누군가가 대신 씹어주는 국밥을 떠올린다. 도대체 거기에 무슨 의미가 있단 말인가.

부른 배를 가까스로 매달고 정류장으로 가기 위해 모퉁이를 돌아 광장으로 걸어 나오는데 문득 내가 이제는 서른다섯 살이라는 게 생각났다. 서른은 전혀 두렵지 않았다. 나는 제대로 이십 대를 살아낸 적이 없었으므로 (대신 살아남기 위해 애썼다) 살아낼 수 있는 삼십 대의 새로운 시간 앞에서 어린 애처럼 마냥 들떠 있었다. 이제는 절반이 지났다. 나는 그동안 얼마만큼 자라서 얼마만큼 내 삶의 운전대를 잘 다룰 수 있게 되었나. 내가 원하는 것들을 이대로 계속 원해도 괜찮은 것일까? 서른하나, 서른둘, 서른셋, 서른넷까지만 해도 괜찮았다. 한데 왜 나는 이 다섯이라는 숫자 앞에서 불안해지는지 스스로 되묻는다.

깊어지고 싶다. 이 세상에서 나만 해낼 수 있는 것을

찾고 싶다. 그리고 해내고 싶다. 지난 오 년 동안 나는 얼마나 그것을 해내었나? 나는 왜 글을 쓸까? 읽기와 쓰기를 통해 내가 얻고 싶은 것은 무엇인가? 이런 질문들은 문학조차도 대답해줄 수 없다. 오직 실제의 고민과 생각의 힘겨루기, 집요한 성찰을 통해 간신히 그 윤곽을 가늠해볼 수 있을 뿐이다. 서른다섯의 어떤 평론가는 이런 일요일을 보낸다. 특별하지만 딱히 특별할 것이 없는 무수히 많은 주말 중의 하루이다. 요즘은 다른 사람들이 어떻게 사는지 별로 궁금하지 않다. 지나가는 것들을 지그시 지켜볼 뿐이다. 내게 주어진 시간과 공간에 집중하기도 모자라다. 잠들지 못하는 사람은 현재로부터 밀려나 있는 이고, 잠에만 빠져 있는 사람은 현재로 발 들여놓지 못해 괴로워하는 이다.

위기의 시절이 닥쳐온 것 같다.
하지만 서른다섯, 새로운 여정의 시작이다.

여름비

햇살이 여름보다 두 배는 더 눈부시고 뜨겁다. 짹짹대는
참새들이 소란하게 여기저기 날아다니고 이웃들은 옹
기종기 모여 앉아 담소를 나눈다. 하늘은 눈이 시리게
파랗다. 무엇보다도 구름이 너무나 가을의 것이다. 바람
이 분다 싶으면 냉큼 집 밖으로 나가고 싶은 충동이 드
는 밤들이 찾아온다. 아직 매미가 우는 날도 간혹 있지
만 대개의 풍경은 조용하고(어제는 느리게 걸어가는 꽃
매미를 만나서 앞길을 응원해주었다) 편의점 테이블에
서 마시는 캔맥주보다는 인사동의 솥밥과 구운 가래떡

이 생각난다. 고로, 가을이다. 하지만 오랜만에 만난 친구에게 '오늘의 나'보다 '지난 계절의 나'를 더욱 이야기하게 되는 것처럼, 가을의 초입은 역설적으로 언제나 여름이다.

———————

다시 병원 진료를 시작했다. 선생님은 내가 그동안 어떻게 지냈는지, 나를 힘들게 한 것은 무엇이었는지, 왜 이제야 다시 오게 되었는지를 헤아리면서 비는 괜찮았냐고 물었다.

"비는…… 비는 문제가 없었어요. 괜찮았어요."

8월에 서울과 타 지역을 강타한 기록적인 폭우가 아니라 '나의 비'를 말하는 거였다. 나는 비 오는 날에는 꼼짝없이 집에 갇힌다. 은유적인 표현이 아니다. 내 오른쪽 다리에는 조금 특수한 역사가 있어서 빗길에 미끄러지면 곧바로 응급실행이기 때문에 비 오는 날이 늘 조금 두렵다. 물론, 어쩔 수 없이 외출하는 날들이 많고 무사히 집으로 돌아오는 횟수가 누적되면서 걱정의 크기도 많이 줄어들었지만 그래도 여전히 비가 오면 이유 없이 감점을 당한 것처럼 마음 한구석 어딘가가 침울하다. 신체와 관련한 물리적인 제약도 있지만 비가 오면 마음이 걷잡을 수 없이 울적해지기 때문이다. 나는 자주, 과학기술이 발전해서 여름 한낮의 태양 빛을 어딘가에 담아두었다가 필요할 때 꺼내어볼 수 있기를 간절히 바란다.

그런데 삼십 대가 시작된 후로는 비가 와도 꽤 괜찮은 것 같다. 포기와 수용일까? 비 오는 날에만 나타나는 세상의 다른 모습들이 보인다. 실내에서 듣는 빗소리의 투두둑투두둑하는 울림은 마음을 픽 안정시킨다. 화분을 즐겁게 바깥에 내어두기도 하고, 흐린 날에만 볼 수 있는 영화 리스트를 떠올려보기도 한다. 물론 이건 마감에 쫓기지 않을 때에 한정된 경우다. 마감이 코앞이면 햇빛이 그렇게 절실해질 수 없다. 어떤 종류의 기후 위기가 닥쳐와도 마감의 위기가 기후 위기를 이길 것이다. 이번 여름은 정말 마감을 쳐내는 게 힘들어서 뭐라도 다른 걸

시도해야 하나 싶은 마음에 괜히 도서관에서 『작가의 마감』정은문고, 2021과 같은 책을 빌려 펼쳐보곤 했다. 일본의 유명 문학인들이 각자 경험한 마감의 어려움과 고난을 짧게 짧게 풀어낸 구절들의 모음이다. 사는 게 다 똑같구나, 싶은 마음은 들지만 그뿐이다. 마감을 도와줄 수 있는 건 마감을 해내는 열 손가락뿐이다.

여름의 비가 많이 편안해진 것은 분명 사실이지만 아직 썩 즐겁지는 않다. 누군가를 잃어버린 날이 늘 떠오르기 때문이다. 나는 초등학교 때 만나 대학 시절까지 함께한 친구를 비 오는 날에 잃었다. 아, 그 친구가 유명을 달리했다는 말이 아니다. 사정은 이렇다. 대학에 복학하기 전의 이십 대 중반, 그때 내 몸은 지금보다 말도 안 되게 약했고 그래서 비 오는 날에는 모든 약속이 자동으로 취소될 수밖에 없었다. 아무리 나가고 싶어도 외출은 절대적으로 포기해야만 했다. 그날이 딱 그랬다. 그 친구와 만나기로 했던 그날은 원래 비 예보가 없었는데 갑자기 하늘이 시커멓게 어두워지더니 굵은 장대비가 무섭게 내렸다. 여름의 변덕. 점점 더 거세지는 빗줄기는 도무지 그칠 기미가 보이지 않았다. 무서웠다. 앞이 캄캄했다. 길 위로 나서는 것은 엄두도 나지 않았지만 그보다 더 큰 일인 것은 친구에게 연락하는 일이었다. 그날의 약속도 비 때문에 취소되었던 지난 약속을 갱신한 것이어서 또다시 '비'라는 말을 꺼낼 수도 없었다. 고민 끝에, 그래도 빗길에 넘어져서 응급수술을 하게 되느니 마음이 괴롭더라도 친구에게 다시 한번 양해를 구할 수밖에 없다는 결론을 내렸다. 조심스러운 마음으로 연락을 했다. 친구 역시 비가 너무 많이 와서 난감하다고 했다. 그녀는 웃는 이모티콘을 보내왔고 그날은 그렇게 지나갔다. 다음 날, 다시 약속을 잡기 위해 친구에게 연락을 했지만 하루가, 이틀이, 일주일이 지나도 그녀에게서 다른 연락은 없었다. 지금 와서 돌아보면 내가 전화라도 한 번 더 해봤어야 했는데, 미안한 마음이 커서, 그리고 당장 연락을 못 할 바쁜 일이라도 있겠지 싶어서 기다리다가 그만, 가랑비에 옷 젖는 줄 모르게 긴 시간이 지나버렸다.

아마 비 오는 날의 약속 취소 그 하나의 사건만으로

내가 그녀를 잃은 것은 아닐 것이다. 다만 내가 병원을 어떻게 다니고 어떤 진료를 받는지를 잘 알고 있던 그녀만큼은 상황을 이해해주지 않을까 하는 내 생각이 틀렸을 뿐이다. 타인이 지닌 이해의 폭은 함부로 가늠할 수도, 일방적으로 요청할 수도 없다. 만약 다시 비 오던 그날로 돌아간다 하더라도 나는 친구에게 미안하다고, 다른 날에 보아야 할 것 같다고 말할 수밖에 없을 테다. 씁쓸하지만, 어쩔 수 없는 일이다. 친구가 나와 멀어지기를 선택한 것도 그녀의 입장에서는 마찬가지로 어쩔 수 없는 일이었을 것이다.

비 오는 여름날마다 그 친구가 생각난다. 견디기 어려워하던 말들은 잘 대응하고 있는지, 여전히 달콤한 커피를 좋아하는지, 그런 것들이 궁금하다. 그녀는 내가 사과할 기회조차 남겨두지 않고 사라졌지만 그 친구가, 그게 자신을 위해 내린 최선의 선택인 한 나는 그것을 존중할 수밖에 없다. 미안한 마음, 부끄럽고 민망한 마음이 굴뚝같아도 그날의 내가 약속을 취소할 수밖에 없었던 것처럼 말이다.

많은 것들을 꽤 오래도록 이해하며 살아온 가까운 관계에서도 실망과 서운함을 금할 수 없는 날은 반드시 찾아온다. 이해할 수 없는 것들을 이해하려는 태도는 삶에서 매우 중요하지만, 때로는 이해할 수 없는 것은 이해하지 않으려는 자세가 더 중요할 때도 있다. 좋아하는 사람일수록 마음의 거리를 최대한 좁혀보려는 열망은 크고, 상대를 이해할 수 있다는 믿음을 놓고 싶지 않은 마음도 어쩔 수 없을 것이다. 그렇지만 누군가를 있는 그대로 받아들이는 노력이 '나'의 이해 속에서만 가능하다는 확신은 아집이다. 그리고 그러한 이해의 모양은 내가 바라는 쪽으로 미리 방향 지어져 있을 가능성도 매우 크다. 상대가 원하지 않는 것을 원하게 할 수는 없는 일이다. 관계 안에서 우리는 자유로워야 하고, 관계라는 것은 그러한 자유를 바탕으로 우애와 사랑이 깃든 자리이므로.

이해할 수 없음을 그대로 내버려두는 것은 최후의 선택지다. 치기 어리고 소극적인 방어가 아니다. 이해를 위한 모든 노력을 동원하고 난 후에야 고를 수 있는 마지막 보기다. 상대가 내게 자신의 최선을 주었을 것임을 알고, 나 또한 나의 최선을 오롯이 상대방에게 주었기에 최종 선택을 수긍할 수 있는 것처럼 말이다. 헤어짐의 결과에서 오는 아쉬움은 그러한 최선이 실재했음을 방증하는 인간사의 여운일 것이다.

어쩌면 그래서 삼십 대의 비 오는 여름이 더는 두렵지 않게 된 것일지도 모르겠다. 내리는 비를 멈추게 할 수 없다는 것을 겨우 납득한다. 내가 할 수 있는 것은 다만 바뀐 세계, 그 갱신된 기후 속에서 감각할 수 있는 것들을 향해 지긋이 눈을 맞추는 일이다. 여름의 습기와 함께 몸으로 안고 가는 잔잔한 우울은 내가 어찌할 수 없는 날씨다. 그 대신, 비가 그치고 나면 차마 말로 표현할 수 없는 상쾌함 속에서 세상이 마치 태초의 순간처럼 반짝거린다는 것도 알고 있으니까. 하지만, 길에서라도 그 친구를 어쩌다 마주치게 된다면 나는 아마 높은 확률로 그에게 달려가서 잘 지냈느냐고, 건강하냐고 반갑게 물을 거라는 걸 안다. 그날 약속을 못 지켜서 정말로 미안하다고, 하지만 나는 이제 많이 건강해져서 맑은 날이면 오래 걸을 수도 있다고, 네 생각을 문득문득 했었다고 전하면서 말이다. 상상해보니 좀 웃기다. 그건 상대방을 존중하지 않는 행동일까? 모른 척 지나가야 하는 일일까?

고민스러워지는 와중에 문득 베토벤 피아노 협주곡 4번이 떠오른다. 피아노 협주곡 중에서 유일하게 피아노가 먼저 시작하는 곡이라서인 것 같다. 협주곡은 보통 오케스트라가 어떤 맥락을 만들고, 그러니까 오케스트라가 기본 밥상을 잘 차린 후에 협연하는 악기가 메인 디시를 가지고 음악 속으로 뛰어들어오는데 이 곡은 그렇지 않다. 피아노가 오케스트라보다 먼저 들어온다. 처음 들었을 때의 당혹감을 잊기 어렵다. 뭘까? 왜 이렇게 쓴 걸까? 물론 그러지 말라는 법은 없지만, 왜인지 모르겠다. 그냥 납득하자. 하지만 덕분에 이 곡은 너무나 특별해진다. 특히나 손열음의 터치는 정말로 계절적이다. 여름에서 가을로 향하는 딱 그 사이 시절의 연주다.

우리는 이제 간다. 여름에서 가을로. 그저 이 사이 시절을 오롯이 받아들이면서.

환절기

우리 자신을 가장 잘 아는 사람은 다름 아닌 우리 자신이라고, 적어도 이십 대 이후부터는 그렇게 믿어왔다. 최근 약간의 걱정을 안고 있던 A 언니와의 대화 중에 흠칫 놀란 일이 있었다.

"언니를 제일 잘 아는 건 언니 자신이니까 괜찮지 않을까요?"

"야, 내가 나를 제일 잘 몰라!"

다른 누군가가 그렇게 말했다면 아니라고, 우리는 우리 자신에게 가장 숨길 수 없는 타인이라며 조금 우겨댔

을 테지만, 언니의 말 앞에서는 일단 먼저 수긍하고 본
다. 왜 나는 나를 제일 잘 아는 게 나라고 생각했을까, 왜
언니는 우리를 가장 모르는 게 우리 자신이라고 했을까.
마음을 바라보는 각도는 얼마나 무궁무진한지. 어떤 각
도에서 우리는 그 누구도 판단해줄 수 없는 우리만의 내
밀한 진심을 보고, 또 어떤 각도에서는 아무리 봐도 객
관적으로 파악할 수 없는 우리의 모습을 타인의 말 속에
서 조금씩 더듬어나간다.

나는 내가 계절을 한 칸 앞서 사는 사람인 줄 몰랐다.
아, 그렇구나 하고 납득하게 된 건 K의 말 때문이었다.
K에 따르면, 나는 롱패딩 주머니에 양손을 넣고 밤길을
걷다가 불현듯 멈춰 서서 봄 냄새가 난다며 코를 킁킁
대고, 초록을 무성하게 자랑하는 5월의 이파리들 사이에
서는 여름빛이 보인다며 기뻐하고, 가지를 우수수 떨구
는 한여름의 참나무들을 보며 가을도 곧이네, 하며 차분
해진다고 한다. 듣고 보니 정말 그랬다. 하지만 겨울에서
봄을, 봄에서 여름을 느끼는 나의 감각은 망상이 아니다.
모든 계절에는 다음의 계절이 희미하게 포개져 있다. 그

건 계절의 한가운데에서도 마찬가지다. 봄빛의 옅은 따사로움에는 여름의 활주하는 뜨거움이 숨어 있다. 다가올 모든 것은 알게 모르게 예고되어 있다.

이런 말들을 중얼거리면 K는 웃으며 내가 한 치 앞을 잘 보는 사람이라고 말을 한 번 더 보탠다. 문제는 오직 한 치 앞만 잘 보는 인간이라는 거지만 말이다. 나는 결코 치밀한 인간일 수가 없다. 그래도 어쩔 수 없다. 그게 내 저력이자 한계인 것을……. 하지만 그렇기 때문에 남들보다 미리 한 계절 앞서 즐거운 감각을 만끽할 수 있는 거겠지. 그러면 되지 않을까.

나처럼 계절을 다르게 사는 "사람"이 또 한 명 있다. 나는 이 사람이 참 좋다. 일단 소개부터 한다.

귀퉁이가 좋았다
기대고 있으면
기다리는 자가 되어 있었다

바람이 불어왔다가 물러갔다

뭔가가 사라진 것 같아
주머니를 더듬었다

개가 한 마리 다가오고 있었다
처음 보는 개
개도 나를 처음 봤을 것이다

내가 개를 스쳤다
개가 나를 훑었다

낯이 익고 있다
냄새가 익고 있다

가을은 정작 설익었는데
가슴에 영근 것이 있어
나도 모르게 뒤돌아보았다

땀이 흐르는데도
개는 가죽을 벗지 않고 있었다

어쩔 수 없는 일

땀이 흐르는데도
나는 외투를 벗지 않고 있었다
어찌하지 않은 일

우리는 아직 껍질 안에 있다

뭔가 잡히는 것이 있어
주머니에 손을 집어넣었다

꼬깃꼬깃 접힌 영수증을 펴보니
다행히 여름이었다

미련이 많은 사람은
어떤 계절을
남보다 조금 더 오래 산다

— 오은, 「계절감」 전문

『유에서 유』, 문학과지성사, 2016

무언가가 좋다는 문장으로 입을 여는 이 사람은 나처럼 계절을 미리 감각하는 종류의 인간이다. "다행히 여름이었다"라고 말하는 그 설익은 가을 한가운데에서 그러나 어쩐지 미리 "가슴에 영근 것이 있어/나도 모르게 뒤돌아보았다"는 사람은 여름의 땀방울 너머로 익어가는 가을을 미리 보는 사람이다. 한편으로 이 사람은 지난 계절도 "남보다 조금 더 오래 산다". 계절을 미리 감각하는 사람이라면 얼른 지난 계절을 떠나보내고 싶어 하지 않을까, 하고 추측해보기도 하지만 꼭 그런 것만도 아닌 듯하다. 벌써 가을을 건너는 이의 옆에서는 여름의 땀방울도 조용히 흐르고 있다. 개에게 가죽이라는 것은 사계절용이니 땀이 흐르는 건 그렇게 그리 큰 문제가 아닐 텐데도 '나'는 개가 더운 여름에 가죽을 벗지 않는다고 걱정한다. 아마도 '나'가 자신에 대해 느끼는 마음의 투사일 테다. 이제는 입기에 더워진 지난 계절의 옷을 벗고 가벼워져야 할 터인데, 아직도 기온에 비해 두꺼운 외투를 입고 있다.

이 시에서 내가 좋아하는 것은 '나'와 개가 말없이 서로를 바라보고 있는 시선의 느린 교차이다. 처음 만나는 개와 '나'는 서로를 스치고, 훑는다. 태어나서 처음 조우하는 두 존재는 서로 바라보면서 익어간다. 이때 '익는다'는 상태 변화는 낯선 사이에서 서로를 아는 존재로 점차 변해가는 일인데, 이것이 계절이 무르익어가는 변화와 연결된다. 시 속에서 '나'와 함께하고 있는 개를 '너'라고 부를 수 있다면, 익어가는 계절 속에서 너와 나는 함께 익어가는 중이다.("낯이 익고 있다/냄새가 익고 있다") 네가 "가죽을 벗지 않고 있"는 것처럼 나 역시 "땀이 흐르는데도" "외투를 벗지 않"는다. 너의 "어쩔 수 없는 일"이 나에게로 와서 "어찌하지 않은 일"이 된다. 마음만 먹는다면 나는 얼마든지 외투를 벗고 땀을 흘리지 않을 수도 있겠지만 네가 가죽을 벗지 못하는 건 어쩔 수 없는 일이니까, 나도 부러 외투를 벗지 않는다. 그래서 "우리는 아직 껍질 안에 있다". 익어가는 가을을 마주하는 한여름의 껍질 안에 함께 있다. 너의 가죽과 나의 외투 안에서 말이다.

왜 외투를 벗지 않느냐고 마치 누군가가 물어본 듯

"미련이 많은 사람은/어떤 계절을/남보다 조금 더 오래 산다"라고 대답하는 '나'의 목소리는 스스로를 잘 안다고 생각하는 사람의 목소리다. 자신의 감정에 솔직한 사람은 '나'의 감정을 '너'와 '그/그녀'에게로 내려둘 수 있다. 자기 연민이 마음을 갉아먹게 내버려두는 사람이 아니라 그를 통해 '너'와 조우하고 함께 익어가기를 택하는 사람이다. 그래서 나는 이 시가 참 좋다. 그리고 그 함께함에는 낭만의 비약이나 섣부른 낙관이 없다. 오히려 무언가를 잃어버렸다는 상실의 차분한 감각이 자리한다.

주머니를 더듬어서 손안에 쥔 건 "꼬깃꼬깃 접힌 영수증". 오늘의 계절인 여름은 여기저기 귀퉁이가 접힌 몰골로 주머니 안에 들어 있다. '나'의 계절감은 언제든 그럴 테다. 가차 없이 폐기하거나 깡그리 잊지 못하고 조금씩 자른 귀퉁이들을 몸의 가장 안쪽에 도토리처럼 모아두기. 계절을 한 칸 당겨 사는 이들의 계절감은 이처럼 주머니 속에서, 다가올 계절과 지난 계절들 속에서 만들어진다. 그렇기에 "어떤 계절을/남보다 조금 더 오래" 살고 왔다고 말하기에는 아직 설익은 계절을 '가슴에 영글고' 산다. 한 치 앞을 미리 보는 사람은 사실상 어제와 내일을 품은 오늘을 누구보다 생생하게 살아내는 사람이다.

그러므로 그는 언제나 "기다리는 자"로서 삶을 살아나간다. 무언가를 잃어버려도 그 상실로 인해 쉽게 낙담하거나 좌절하지 않고, 지나간 것들과 도래한 것들을 엮어 땀이 흐르는 오늘로 생생하게 감각한다. K가 나에게 계절을 미리 사는 사람 같다고 말해주었을 때 내가 기뻤던 이유는 마치 그 말이 「계절감」의 화자와 닮았다는 말로 들렸기 때문이다. 시를 말하고 있는 '나'는 이게 다 미련 때문이지요, 하고 얼마간의 부끄러움을 뒷주머니에 넣어두고 담담하게 쓰고 있지만 그게 지난날을 잊지 못하고 보내지 못하는 집착 어린 마음이 아니라는 걸 안다. 오히려 정말로 보내었으므로 과거를 상실로 감각할 수 있고, 어디선가 나타나는 한 마리 개와 함께 '너'와 '우리'를 느끼는 거니까.

이 시를 처음 읽은 건 2017년 8월 3일 오후 5시 16분이다. 그 시절의 나는 내가 좋아하는 글귀와 시들을 노트에 손으로 써서 한 편씩 모아두었고 포스트잇에 감상을 적어 귀퉁이에 붙여두곤 했다.(그 시절이 그립다.) 기록에 의하면 그때의 나는 이 시에서 '나'와 '개'가 바라보는 장면을 '접촉 후 온도가 상승하는 장면'으로 읽었다. 그래서 땀이 나는 것이라고. 그리고 둘은 무언가를 견디고 있는데, 그 견딤의 땀방울이 가을의 열매를 미리 영글게 한 것이라고도 적어두었다. 가을이 미리 온다는 일은 어쩌면 여름을 채 만끽하지 못했다는 뜻일까, 하고 의문하기도 한다. 미련이라는 단어를 읊조리며 시를 끝내고 나서도 화자는 어쩌면 개의 젖은 머리칼을 쓸어주었을지도 모르겠다고도, 그리고 이 미련은 다만 화자의 겸손한 마음에서 나온 거라고도 적혀 있다. 자신의 마음을 누구보다도 잘 아는 자가 그 감정들을 위풍당당하게 꺼내어 빛나게 전시하는 것이 아니라, 다만 한 줌의 미련일 뿐이라고 조심스럽게 영수증처럼 접어 슬쩍 꺼내 보인 시라고. 정말 그런 것 같다. '나'의 목소리는 자신을 누구보다 잘 알지만 또 한편으로는 가장 잘 모르는 사람임을 아는 사람의 목소리다.「계절감」은 계절을 겸손하게 만끽하고 있는 사람의 시다.

인왕산과 여의도 국회의사당 앞 벚나무들은 이미 만개했는데 우리 동네 남산은 아직 무채색이다. 봄은 이미 왔지만 한편으로는 아직이다. 낮의 바람은 덥고 밤의 바람은 시리다. 계절을 당겨 사는 이의 몸에는 사계절이 모두 들어 있다. 그렇기에 저 시의 제목이 '여름'이 아니라 '계절감'일 것이다. 우리는 무언가를 늘 잃어버리고, 보내고, 다가올 것들을 기다리며 산다. 그게 바로 오늘의 감각이다. 아직 껍질 안에 있다는 감각, 채 완성되지 못했다는 감각으로 하루하루를 불완전하게 만들어가면서 산다. 우리의 완전함은 매 순간의 불완전함으로 이루어진다. 그러니까 어제도 오늘 속에 있고, 내일도 오늘 안에 있는 거겠지. 이게 바로 겸손하게 계절을 만끽하는 사람의 태도인 것 같다. '겸손'과 '만끽'이라는 단어가 어찌 보면 좀 역설적이기도 한데, 완전히 불가능한 모순은 아닌 듯하다.

나도 시 속의 '나'처럼 살고 싶다는 마음이다. 현재에 최대한 충실하되 그 현재에는 내가 떠나보낸 시간과 다가올 미지의 순간들이 함께 공존하고 있음을 잊지 않고 사는 사람이고 싶다. 봄 앞에서의 겸손은 아직 피지 않은 꽃의 색을 미리 보고, 지난겨울의 앙상한 추위를 동시에 떠올리는 일. 그게 가장 봄다운 순간이 아닐지. 다음 주에는 분명 남산이 조금 푸릇푸릇해질 것 같다. 마당 앞 개나리의 초록이 꽤 무성해졌기 때문이다. 정말이지 한 치 앞만 잘 본다.

영원은 상실 속에서 지속된다

일단 내 앞에 닥쳐온 풍경을 조금 묘사하면 다음과 같다. 비에 젖은 축축한 흙이 코를 찌르는 냄새, 바스러진 갈색 나뭇잎과 통통하게 비를 맞은 연둣빛 나뭇잎들이 함께 나뒹구는 길, 거의 그친 비구름 사이로 날아와 나무 열매를 쪼아 먹는 까치 한 마리, 잿빛 구름과 꽤 잘 어울리는 동백.

길 위를 천천히 걷는다. 간혹 지금 눈앞에 보이는 이 세계가 정말 전부인 걸까 하는 의심이 들면 언제나 너머를 떠올리게 되고, 그러면 그 미지의 광활함에 압도되곤

한다. 아득해진다. 넓은 지구 위에 나라는 다만 작은 한 사람이 이토록 복잡하게, 그러나 확실하게 존재한다는 신비는 매번 이렇게 감각된다. 그러나 그 압도적인 감각은 어디까지나 보이지 않을 때만 유효하다. 의식의 세계에서 눈에 보이는 세계로 진입하면 그것이 발휘하던 신적인 위대함은 일순간 사라지고 범속함의 세계로 추락한다. 물론 이토록 물질적인 가시성의 세계에는 세속의 위대함이 있다. 피부와 근육, 머리칼을 가진 존재자들이 만들어내는 접속과 마음의 교환 말이다.

나는 지금 서울을 떠나 진주에 와 있다. 진주에는 나의 첫 번째 집이 있다. 스무 살 때까지 나를 키워온, 나를 키워낸 동네와 사람들이 있는 곳이다. 인구 약 34만 명이 사는 경남의 소도시로 상당히 보수적이지만 한편으로는 고즈넉한 한적함에서 오는 여유가 해방적인, 작고 묘한 동네다. 나에게 진주와 가족은 설령 그것이 과거의 형태라 할지라도 직선처럼 곧게 뻗은 형태로 나를 통과해 지나가버린 것이 아니라, 내 주위를 360도 회전하는 방식으로 지금의 나와 나의 서울에 위력을 행사한다. 그러니 출발점을 어디로 정해야 할지부터 매우 어렵다. 다르게 말하면 모든 곳이 출발점일 수도 있고 또는 그 어떤 곳도 '처음'이 될 수는 없다는 말이기도 하다.

일전에 나는 등단 소감을 말하면서 내게 좋은 것이 있다면 그 좋은 것들은 모두 가족에게서 나온 것이라고 쓴 적이 있다. 사실이다. 나는 가족들이 키워낸 인간이니 당연히 그렇지 않겠는가. 하지만 또 그런 복이 모든 인간에게 허락된 것만은 아니라는 것도 알기에 감히 말해보자면, 나는 어릴 때부터 사랑을 받고 자랐다. 정말 크고 많은, 상상하기 어려운 사랑 말이다. 당시에는 몰랐지만 조금씩 머리가 커가면서 그간 내게 너무나 자연스러웠던 그 사랑이 사실은 누구에게나 주어지는 것이 아니었음을, 그것은 다름 아닌 특권이었음을 깨닫는 건 그리 어려운 일이 아니었다.

나를 구성하고 있는 것들의 많은 부분은 결국은 부모에게서 온 것이긴 하겠으나, 지금부터 내가 말하고자 하는 것은 나의 외할아버지와 외할머니에 관해서다. 두 분은 진주에서 차로 한 시간쯤 운전해서 더 가면 나오는

함안군 칠원읍에 산다. 두 분은 평생 그곳을 떠나지 않
으셨다. 나의 유년기는 외조부모 그리고 조부모와 함께
한 날들로 가득하다. 이제 명절은 고사하고 일 년에 통
틀어 한두 번을 갈까 말까 하는 진주는 서울에서 고속버
스로 네 시간이 걸린다. KTX로도 세 시간 반이다. 거기
에서 더 들어가는 칠원에는 자연히 일 년에 한 번도 못
간 해가 많았다. 그런 내가 갑작스럽게 진주행을 결심한
것은 병원에 2주나 입원해야 하는 아빠 때문이었으나
정작 면회가 불가능했으므로 아빠와는 몇 번 통화를 나
눈 게 전부였다. 하지만 이번 진주행이 내게 무척 의미
있었던 이유는 아주 오랜만에 외할머니와 외할아버지
를 뵈었기 때문이다.

처음에는 칠원에 들리지 않고 서울로 돌아오려 했으
나 이왕 진주에 내려왔으니 이 기회에 할머니 할아버지
를 짧게라도, 정말이지 딱 오 분만이라도 꼭 봐야겠다
는 직감이 들었다. 그러지 않으면 두고두고 후회할 것이
분명했다. 내가 사랑하는 두 사람이 가진 미지의 시간
은 유한함을 향해 수렴하는 중이었으므로 내가 가진 무

한대의 방향을 꺾어 그들을 만나러 가고 싶었다. 그들이 무한에서 유한으로 나아가게 된 것은 그들이 가진 무한 대를 내게 건네주었기 때문이다. 다른 이유는 없다.

몇 해 전 막내외삼촌이 지은 농막에는 내가 이름 붙인 '무릉도원'이 멋진 음각 현판으로 걸려 있다. 시골집을 정리하고 아파트로 들어가 사시던 두 분은 그곳 생활을 갑갑해했다. 동이 트자마자 밭에 나가는 게 일상이던 두 노인이 거실 텔레비전 앞에 우두커니 앉아 있는 풍경을 상상해보라. 부자연도 그런 부자연이 없다. 그리하여 외 삼촌은 작심하고 복숭아밭 바로 옆에 작은 집을 지었다. 현판 아래로 고개를 숙이고 집 안으로 들어가면 벽에는 할머니가 직접 노트북으로 타이핑해서 쓴 이 '무릉도원' 의 역사에 관한 장문의 글이 걸려 있다. A4 용지로 여섯 장이 넘는다. 지금 이 복숭아밭이 할아버지의 아버지로 부터 어떻게 온 것이며 그동안에는 이 땅이 어떻게 쓰였 으며 또 외삼촌이 할머니의 마음을 깊이 헤아려 효심 가 득한 정성으로 어찌 이 집을 만들 생각을 하였고 그에 대해 할머니가 얼마나 진심으로 고마워하는지, 그런 장

엄한 집안의 역사가 함초롬바탕체 10포인트로 조용히
벽에 걸려 있다.

우리 집안에는 문학이나 글과 연이 있는 사람이 아무
도 없다. 예외는 외할머니이다. 평생 수박과 단감, 복숭
아 등을 일구며 살아온 할머니는 장담컨대 우리 가족 중
에서 가장 글을 사랑하는 사람이다. 나는 감히 비교조차
될 수 없다. 내가 태어나서 내 돈으로 샀던 첫 책은 다섯
살 때 외할머니와 함께 동네 문고에 가서 구입한 나폴
레옹 위인전이었다. 나는 위인전을 좋아했는데 서로 다
른 인간들이 겪은 삶의 경험들이 너무나 다채롭고 흥미
로웠기 때문이다. 그들의 위대함보다 특이함을 좋아했
다. 처음으로 받은 용돈을 들고 문방구도 오락실도 아닌
서점에 가겠다고 한 나를 보며 할머니는 꽤 기뻐했던 것
같다. 서가에서 책을 빼 계산대 앞에 서자 책방 아저씨
와 할머니가 나를 기특해했던 기억이 난다. 할머니는 내
가 글을 깨치기 전까지 밤마다 책을 읽어주었고 방학 때
면 누가 시키지 않아도 일기장을 꼭 챙겨 와 원두막에서
도 일기를 쓰는 나를 보며 즐거워했다. 아홉 살 때였나,

할머니가 보이지 않아 방 여기저기를 돌아다니다가 작은방에 있는 할머니를 발견했다. 앉은뱅이책상 앞에 허리를 굽히고 앉아 환한 스탠드 불빛 아래에서 모나미 볼펜으로 두꺼운 대학 노트에 무언가를 빼곡히 쓰고 있는 모습을 봤다. 아마도 성경 필사나 할머니의 일기였던 것 같다. 언제부터인가 할머니는 내 일기장을 부러 보지 않았으므로 나도 굳이 할머니 공책을 넘겨 보려 하지 않았다. 간혹 할머니가 보여준 몇몇만 제외하고 말이다. 그때부터 두꺼운 줄 노트와 모나미 볼펜의 조합은 내가 가장 사랑하는 문구류가 되었다.

몇 해 전부터 할머니는 시력을 크게 잃어가고 있다. 할머니의 눈동자는 나를 바라볼 때 정면이 아니라 옆을 향한다. 그래야 정면이 보인다고 한다. 밭일 외에는 읽고 쓰는 일에 모든 것을 전념하며 그 시간을 사랑했던 할머니에게 흐려지는 시력은 고관절 수술보다도 더 가혹하게 느껴진다. 내가 사 준 노트북을 더는 못 쓰게 되고, 삼촌이 사 준 아이패드는 이제 오디오북으로만 사용할 수 있다. 동네 교인들이 모인 단톡방에서 알림 메시

지가 울려도 메시지를 확인하지 못하고 걸려오는 전화
도 받은 후에야 목소리로 상대방이 누군지 알 수 있다.
오랜만에 만난 할머니는 집 여기저기를 자잘하게 치우
며 던지는 엄마의 잔소리를 들은 척도 안 하고 나랑 소
파에 누워 신세 한탄을 했다. 왜 전처럼 읽고 쓸 수 없는
지에 대해서 조용하고 낮은 소리로 끝없는 푸념을 했다.

　일 년에 기껏해야 두어 번 만날까 말까 하는 손주에게
털어놓는 한풀이가 뭐 얼마나 되겠느냐마는 할머니의
말에 따르면 조손은 친구라고, 할머니와의 대화는 언제
나 특별하다. 길게 말하지 않아도 깊이 공감받는다고 해
야 할까. 엄마나 아빠에게 말할 엄두가 나지 않는 고민
과 질문을 할머니 앞에서는 쉽게 꺼내놓을 수 있다. 할
머니가 내어주는 답변은 신기하게도 언제나 정답이다.
그렇게 떠나보낸 많은 고민들이 과거 속에 잠들어 있다.
노인의 현명함은 젊음의 영특함을 단번에 부끄러움으
로 만든다. 나는 그렇게 부끄러워질 때 못내 기쁘다. 그
기쁨을 사랑한다.

할아버지가 잃어가는 것은 귀다. 오른쪽 귀로 다가가서 크게 소리를 지르면 간혹 몇 마디 주고받을 수도 있지만 대개는 안 들리기 때문에 바로 옆에 가도 등을 돌리고 앉아 잡초를 뽑거나 뭔가를 다듬고 있을 때는 누가 온 줄도 모른다. 할아버지가 청력을 잃기 시작한 후로 우리는 만나도 거의 대화를 할 수 없게 되었다. 그 대신, 표정을 읽는다. 농막에 들어서서 "할아버지!" 하고 크게 외치면 할아버지는 다섯 살 어린아이가 놀이공원에서 우연히 친구를 만난 것처럼 양손을 뻗어 날 향해 크게 흔드신다. 내가 어릴 때에도 할아버지는 말씀이 많지 않았다. 엄마와 외삼촌, 할머니가 큰 소리로 집이 떠나가라 웃고 떠들면 할아버지는 하늘색 날개가 달린 선풍기 옆에 기대어 앉아 수다스러운 가족들의 얼굴과 텔레비전 화면을 번갈아 보다가 먼저 조용히 침실로 들어가곤 했다. 할아버지가 일어난 자리에 늘 놓여 있던 꿀수박 부채를 생각한다.(함안은 수박이 유명하다.) 내 어린 날들의 하루처럼 그날도 그랬다. 할아버지는 내가 소파에 할머니와 누워 있는 것을 보고 뒷문으로 조용히 나가 작은 쟁기를 들고 파밭으로 갔다. 꽤 시간이 지나도 할아버지가 돌아오지 않아 슬리퍼를 신고 밖을 내다봤더니 저 멀리 복숭아나무 근처에서 뭔가를 하고 계셨다. 등을 돌리고 있는 백발의 할아버지를 몰래 핸드폰으로 찍었다.

아무에게도 이야기하지 않은 사실이 있다. 몇 해 전이라기엔 부족하고 그보다 조금 더 오래전에 할아버지와 꽤 오랜 대화를 나눈 적이 있다. 어느 가을날 저녁에 할아버지는 부러 내 옆으로 오시더니 본격적으로 긴 이야기를 시작하겠다는 태도로 입을 열었다. 가장 먼저 꺼낸 건 전쟁 이야기였다. 할아버지는 육군에서 사병을 훈련하는 교관이었다. 육이오가 났을 때 낙동강이 피바다였다고, 말 그대로 정말 피바다였고, 축 늘어진 사람들의 시신이 여기저기 널려 있고 몸들이 흘러내려오고 있었다고 했다. 할아버지가 왜 갑자기 수십 년도 더 전의 일을 내게 이야기하는지 당시의 나는 구체적으로 알 수 없었지만, 할아버지가 당신의 중요한 무언가를 내게 넘겨주려 한다고 느꼈다. 그랬던 것 같다.

그러다 이야기는 문득 농사에 관한 주제로 흘러가기도 했다. 할아버지는 내가 아는 최고의 농부이다. 특히 복숭아에 대해서는 정말로 그렇다. 요즘에는 농촌에 젊은 사람들이 없어서 비법을 전수할 수가 없다고 아쉬워하면서 나에게 차근차근 비법을 설명해주셨다. 설명이 쉬우면서도 매우 논리적이어서 농사에는 일자무식인 나도 쉽게 이해가 갔다. 잘 기억나지는 않지만 굉장히 의외의 재배법이었는데 할아버지는 그렇게 해야 복숭아가 벌레 없이 최고로 달콤해진다고 했다. 태어나서 먹어본 복숭아 중 할아버지가 키운 복숭아보다 달고 맛있는 복숭아를 먹어본 적이 없으므로 그 재배법에 대한 보증은 얼마든지 설 수 있다.

실은, 전쟁 이야기가 나올 때부터 핸드폰으로 몰래 음성을 녹음했다. 그때의 대화가 녹음되었다는 것은 할아버지도, 할머니도, 그 누구도 모를 것이다. 복숭아 이야기를 하다 문득 할아버지는 눈물을 뚝뚝 흘렸다. 나와 할아버지만 아는 눈물이다. 온 식구가 모인 소란한 거실의 귀퉁이에 조용히 앉아 있었던 할아버지와 나는 누구의 주목도 받지 않은 채 있었다. 나는 애써 울지 않으려고 기를 썼다. 아마 할아버지도, 나도 직감했던 것 같다. 어쩌면 이 길고 다정한 대화가 우리의 마지막 대화가 되리라는 것을 말이다. 그래서 나는 녹음 버튼을 누를 수밖에 없었다.

매년 할아버지 할머니를 뵈러 갈 때마다 나는 어쩌면 그분들의 마지막이 될지도 모르는 순간들을 최대한 많이 저장해두려 남몰래 애쓴다. 훗날 다시 꺼내 들을 용기가 생길지는 확신할 수 없지만 그렇게라도 마지막을 꽉 붙잡아두고 싶은 것일 테다. 이번에 할아버지와 나눈 대화는 "할아버지 저 왔어요!" "벌써 가나?" 단 두 마디뿐이었다. 엄마가 차를 돌리고 할아버지 할머니가 보이지 않을 때까지 창밖으로 손을 내어 힘차게 흔드는 것이 다만 나의 대답이었다. 사랑한다고, 많이 사랑한다고, 그러니 조금이라도 더 계속 건강해달라고.

연밥이라는 게 있다. 어릴 때 할아버지는 허벅지까지 오는 긴 장화를 신고 집 앞 연밭에 들어가 나를 위해 연밥을 따다 주시곤 했다. 나중에는 연꽃으로 피어나는 바로 그것 말이다. 연밥은 작은 물뿌리개처럼 생긴 열매 주머니 안에 알알이 들어 있다. 까맣게 익은 것을 망치로 한 알씩 깨면 병아리콩처럼 생긴 작은 씨앗이 나온다. 그게 연밥이다. 너무 맛있어서 잔뜩 먹고 싶어도 한 번에 열 개를 넘게 먹으면 안 된다는 할아버지의 신중한 당부 때문에 동생과 아쉽게 노나 먹은 기억이 생생하다. 할아버지가 연밭으로 더는 들어가지 않게 된 후로 연밥은 이 세계에서 사라졌다. 동생 뒤로 태어난 사촌들은 할아버지가 따주신 연밥을 모른다. 연밥은 나와 동생의 특권이었다.

앞서 나는 인생의 시간이 무한대였던 분들이 이제는 유한한 점으로 수렴해가는 풍경을 목격하는 중이라고 말했다. 그분들의 무한대를 나와 동생에게 모조리 다 주셨기 때문이라고, 다시 말해 그들의 삶의 연장 속에 내가 서 있다고 말이다. 그러니 지금 내가 살고 있는 이 시간은 절대적으로 나의 것이라기보다 그분들과 나눠 가진 것이라고 해야 옳다. 삶이 이해할 수 없는 무언가로 나를 시험한다는 느낌이 들 때마다 나는 할아버지와 할머니를 떠올린다. 그들이라면 이런 상황에서 어떤 선택을 내렸을지 가정해본다. 내가 내린 선택과 결정이 그분들의 것과 크게 다르지 않을 거라는 짐작이 들면 한결 마음이 편안해진다. 그러면 나를 조금 더 믿을 수 있다.

어릴 적 할머니 댁을 떠나올 때, 멀어지는 우리를 향해 두 분이 꼼짝 않고 서서 바라보시는 것을 차 안에서 오래 보았다. 골목을 돌아 두 분이 시야에 전혀 들어오지 않게 되고 나서야 나도 몸을 돌려 앞을 바라보고 앉으면, 그때마다 나는 마치 할머니 할아버지와 생애 마지막 만남을 하고 돌아가는 것처럼 슬펐다. 어떻게 매 순간이 그렇게 슬프고 서러웠는지 모르겠다. 지금보다 이십 년은 더 젊었지만 어린 나에겐 언제나 노인이었으므로 언제든 그들을 잃게 될지도 모른다는 두려움이 늘 따라다녔다. 할머니가 맹신해 마지않는 멘소래담을 굳이 창원에서 칠원까지 사다 주는 큰외삼촌도, 그게 무슨 치료제가 되겠느냐고 화를 내면서도 차 뒷좌석에 늘 멘소래담을 싣고 다니는 엄마도 모두 그런 마음이지 않을까. 할머니와 할아버지의 시간이 이제는 더욱 빠르게, 어딘가로 수렴해가고 있음을 우리 모두 너무나 잘 알고 있기 때문일 것이다.

누군가를 잃는 일만큼 세상에서 피하고 싶고 두려운 일이 또 있을까. 그러나 생성은 상실의 토양 위에서 피어난다. 평생을 채소와 과일을 키워온 두 분이 내게 온몸으로 전해준 진리다. 복숭아나무들은 벌써 꽃을 죄다 떨구고 여름으로 진입하고 있다. 복숭아가 한가득 세상으로 나오면 박스에 차곡차곡 담겨 서울로 창원으로 또 다른 몇 군데로 배송될 것이다. 그러면 나는 할아버지가 만든 여름을 주변 사람들과 함께 나누겠지.

나무가 자라고 꽃이 피고 열매를 맺고, 그것이 땅에 떨어지고 또 다른 나무를 키워내는 건 자연의 섭리인데 올봄에는 그 진리가 유독 슬프게 느껴진다. '한 알의 밀알이 땅에 떨어져 죽으면 많은 열매를 맺는다'는 성경의 한 구절이 이토록 크다. 열매 안에는 씨앗이, 씨앗 안에는 열매가 살아 있다. 마찬가지로 내 안에서는 할머니와 할아버지의 시간이 계속 이어진다. 그러니 언젠가 그분들이 내 세계에서 더는 보이지 않는 영역으로 옮겨 간다 하더라도 나는 내 안에서 그분들을 만날 수 있다는 것을 안다. 가령 내가 읽기와 쓰기를 괴롭게 사랑하는 것은 할머니에게서 온 것, 도덕적 결벽이 있을 만큼 정직하고자 하는 것은 할아버지에게서 온 것, 사람들로부터 상처받아도 사랑하기를 포기하지 않는 마음 역시 할아버지에게서 온 것, 끈기와 지구력을 발휘하면 안 될 일이 없다고 확신하는 것은 할머니에게서 온 것……. 더 말해 무엇하랴. 만약 당신이 나에게서 조금이라도 어떤 좋음을 느낄 수 있다면 그것은 모두 그분들에게서 온 것이다.

어린 시절의 수많은 여름을 수박밭과 복숭아밭에서 보냈다. 수박밭의 향기는 그 어떤 향수로도 재현 불가능한 달콤함이 있다. 달콤함이랄지 달큰함이랄지 혹은 그 사이 어딘가의 향! 이 향기를 아는 것은 나만의 특권이었다. 한데 최근 몇 년은 복숭아를 만져보지도 못했다. 올여름에는 기필코 장대를 들고 엄마와 삼촌과 함께 복숭아를 따러 갈 것이다. 그런 다짐을 한다.

할머니와 할아버지를 통해 나는 상실이 반드시 잃는 일만은 아님을 배운다. 상실은 그것을 다만 새로운 형태로 내 안에 넣어두는 일, 씨앗이 열매가 되는 일, 그리고 열매가 씨앗이 되어 새로운 나무를 여럿 키워내는 그 모든 일임을 배운다. 그러므로 복숭아밭은 영원히 사라지지 않을 테다. 죽음의 소식들이 매일 여기저기서 들려오는 이 살벌한 세계의 한 편에 감히 무릉도원이라 말할 수 있는 작은 장소가 있다면 그것은 내 삶이 시작되기 이전에 밭을 일구고 씨를 뿌리고 열매를 땅에 떨군 할아버지와 할머니가 있기 때문이다. 그분들은 내게 그것들을 모조리 다 주셨다. 그러므로 나는 매 순간 거짓 없는 삶을 살고자 분투하기로 다짐한다. 나의 한계 속에서 최대한을 산다. 팔십 해를 넘는 시간 동안 이미 그러한 실패와 성공을 여러 번 겪어낸 두 영혼이 내 안에 있기 때문이다. 그렇기에 복숭아나무는 올해에도 어김없이 꽃

을 피워냈고 열매를 맺을 것이다. 내년에도, 내후년에
도, 그리고 그다음에도.

영원은 상실 속에서 지속된다.

다만 병마개를 열어둘 뿐

'나는 만년필 덕후다'라고 첫 문장을 쓰려다 이내 포기
했으나 그 포기로 인해 나는 결국 첫 문장을 돌려받게
되었다. 만년필을 좋아하는 이유를 열댓 개쯤 댈 수도
있겠지만 하나만 말하라고 하면 촉 때문이라고 말하겠
다. 연필이나 펜을 좋아하는 이유도 마찬가지다. 흑연과
잉크가 종이와 맞닿아 번져나가는 가장 마지막의 그 물
성을 좋아한다. 어떤 이들은 만년필의 소리를 꼽기도 한
다. 물론 특유의 사각거리는 소리도 매력적이지만 내가
만년필 뚜껑을 열게 되는 가장 큰 이유는 글자를 써 나

가면서 손가락, 팔, 그리고 이내 온몸으로 번져나가는 촉각 때문이다.

소리와 촉각 두 가지를 두고 세 번쯤 더 고민해보았지만 역시 촉각이다. 만년필을 사용할 때 이어폰도 함께 사용하는 경우가 많기 때문이다. 어떤 촉은 종이 위를 물 흐르듯 흘러가는 미끄러운 느낌을 준다면, 어떤 촉은 종이와 한 획 한 획 마찰을 거듭하며 작은 전투를 벌이는 느낌을 주기도 한다. 만년필을 한 자루도 사지 않는 사람은 있어도 한 자루만 산 사람은 아마 드물 것이다. 만년필은 촉의 종류에 따라, 그리고 같은 굵기여도 금속의 물성과 제조회사에 따라 아주 다른 글쓰기의 감각을 제공한다. 원고 마감은 대부분 기계식 키보드로 하는데, 글쓰기의 감각을 몸이 느낀다기보다는 손가락과 손목 관절에 무리가 가지 않는 선에서 작업을 한다는 느낌이다. 감각의 층위에서 말하자면 원고 마감은 무감각의 감각 속에서 이루어지는 반면 노트에 만년필로 무언가를 쓸 때는 그 순간의 온도와 습도, 몸의 상태를 활자 안으로 최대한 밀어넣으며 쓴다. 만년필은 쓰는 그 순간의 시공간과 나를 한꺼번에 기입한다.

　그래서 그런지 키보드로는 쓰지 못할 것이 없지만 만년필로만 쓸 수 있는 것들이 있다. 다시 말하면 만년필로만 쓰고 싶은 것이 있다는 말이다. 가령 좋아하는 사람들에게 쓴 편지를 넣고 밀봉한 봉투 겉면은 언제나 만년필의 몫이고, 마음속에 오래도록 담아두고 싶은 글귀나 아주 특별한 날의 일기 같은 것들도 그러하다. 기록은 기억으로부터 자유로워지기 위해 시작된 것이지만 어떤 기록은 기억의 힘을 강화하기 위해 행해지기도 한다. 나의 만년필은 후자의 경우를 위해 사용된다. 통화하며 전화번호를 받아 적기 위해 휘갈겨 쓰는 용도를 말하는 것이 아니다. 시간의 빛에 바랠지도 모르는 것들을 조금 더 오래 붙잡아두기 위해 쓰는 걸 말한다.

　그러나 모든 기록이 소중한 장면을 남겨두는 것은 아니다. 기록은 오히려 대상을 파괴하기도 한다. 기록이 쓰는 행위에서 비롯되기 때문에 그렇다. 비가시적인 형태로 몸에 각인되는 시간과 공간의 흐름을 언어화하여 붙들어 매기 위해서는 그것의 온전함을 필연적으로 얼마간 훼손할 수밖에 없기 때문이다. 시든 소설이든 산문이든, 그 무엇이 되었든 활자로 이루어진 모든 것은 그래서 어떤 원본의 파편들이다. 아래의 '나'와 '그'는 문장의 깨진 조각들 앞에서 각자 고투를 벌이는 사람들이다.

　　어둠이 검은 물질로 만들어졌다고 상상한 이후부터 시간의 꿈을 담고 싶어졌습니다. 병에 담으면 될까요? 긴 시간을 건너왔으니 따뜻했던 밤으로 돌아가고 싶어져서

　　그는 매일 밤 술을 마시고

　　병을 모으고

　　병을 세우고

　　여기에 오는 모든 사람은 찰랑찰랑한 어둠을 만질 수 있을지도 모릅니다. 병의 입구를 꽉 움켜쥔 채 잠이 들고

나는 이불 밖으로 빠져나가는 무관한 것들을 자꾸
만 쓸어 담고

너니까, 너라서, 너 때문에 지옥에 있었지. 우리의
싸움이 검고 어두워질 때 너라는 사실 하나로 모든 시간
은 꿈이 되었지. 전도서를 펼치면 허무, 허무, 모든 것이
허무로다……

나는 그 문장에 밑줄을 그었습니다. 다시 지웠습니
다. 구약성경은 어떤 종말보다 잔혹해서 병에 담고 싶어
지는데

그는 매일 밤 펜을 버리고
문장을 버리고
자신을 버리고

아무것도 쓰지 마. 무관한 것들을 쓰지 마. 돌아올
수 없는 것들에 대해서 쓰지 마. 이제는 쓰지 마.

아름다운 것들은 기록되면 파괴되지.

사라질 수가 없지.

그는 연애편지를 이렇게 건네요. 어떤 사랑도 기
록하지 말기를. 영원히 느끼고 싶다면 그저 손이라는 물
질을 잡고

병의 입구를 열고

— 이영주, 「병 속의 편지」 전문

『어떤 사랑도 기록하지 말기를』, 문학과지성사, 2019

"시간의 꿈을 담고 싶어"서 그는 매일 술병을 만든다.
잔을 비우고, 술을 비우고, 병을 세워두고 그리고 "병의
입구를 꽉 움켜쥔 채 잠이" 든다. '그'가 병에 든 것을 비
우며 시간의 용기를 만드는 밤마다 '나'는 한편, "무관
한 것들 자꾸만 쓸어 담"는다. 무관한 것들은 무엇인가?
무엇과 무엇이 무관하다는 것일까? 왜 하필 유관한 것

들을 버리고 무관한 것들을 모으는 것일까? '나'는 문장에 밑줄을 긋는 사람이라는데, 그렇다면 그 밑줄들이 바로 무관한 것들일지도 모르겠다. 한데 '그'와 달리 '나'는 잔혹한 것을 병에 담고 싶다고 한다. 손으로 포획할 수 없는 말들을 병에 담아 세계의 바깥으로 버리기 위함일까? '그'와 '나'는 서로 다른 목적을 위해 빈 병을 움켜쥐고 있다. '나'가 성경의 문장들에 밑줄을 그어 자르고 그것들을 병 속으로 털어넣을 동안 '그'는 아름다운 "시간의 꿈"을 빈 병에 채워넣는다. 그가 버리는 것들은 펜과 그 끝에서 태어난 죽은 문장들이다.

이 시에 처음으로 등장하는 명령문을 기점으로 '그'가 죽인 문장들은 갑자기 생생하게 살아난다. "아무것도 쓰지 마. 무관한 것들을 쓰지 마" 하는 이 목소리는 그것들을 쓸어 담던 '나'의 모습으로 되돌아간다. 쓴다는 것은 마구잡이로 쓸어 담는 것과 달리 정갈하게 말을 고르고 배치하고 정돈하는 일이다. 날카로운 펜촉 끝에 의해 잘리고 훼손되느니 그렇게 기록하지 않고 그저 주머니에 모조리 쓸어 담으라고, 그래서 그 무관한 것들을 다치지 않게 하라고, 그것이야말로 영원한 기록으로 가는 유일한 방법이라고 시는 말한다. 어떤 기록은 소중한 것을 파괴한다. 그러므로 우리는 "어떤 사랑도 기록하지 말기를"이라는 신성한 구절 앞에서 조용히 고개를 끄덕이며 손에 든 만년필을 내려놓게 된다.

언어가 실재를 도륙한다는 헤겔의 말을 이해하기 위해서는 정신분석학적 접근이 필요한 것이 아니라 철저히 경험적인 차원에서의 접근이 필요하다. 가령 우리가 행복했던 하루를 보내고 일기를 쓰기 위해 무언가를 열심히 적었다고 가정해보자. 그 일기에 과연 내가 느낀 행복이 그대로 담길까? 하루 동안 느낀 좋은 것들을 글자로 적기 시작하는 순간 그것들은 부리나케 사라진다. 여름에서 가을로 접어들 때 미세하게 온도가 달라진 바람과 흔들리는 나무 잎사귀 소리, 내 눈을 바라보며 웃던 개의 웃음과 입가의 침, 아이스커피의 맛 같은 것이 어떻게 기록으로 전해질 수 있겠는가. 적는 순간 모두 사라지고 만다. 그래서 시인은 "아름다운 것들은 기록되면 파괴되지"라고 썼을 것이다.

한데 뒤이어 그는 "사라질 수가 없지"라고 덧붙인다. 응? 파괴되기 때문에 사라질 수가 없다니. 여기서 우리는 다시 "무관한 것들"로 돌아간다. '무관하다'라는 형용사에 연결되는 격 조사가 생략되어 있기에 무엇이든 무관한 것들이 될 수 있다. 시는 생략을 통해 제 날개를 펼치니까. 굳이 조금 더 다가가보자면, 대개 무관하다는 것은 '나'와 무관하거나 내가 중요하게 생각하는 것들을 대상으로 한다. 그렇다면 시의 화자가 말하는 무관함은 우리가 흔히 삶에서 중요하다고 말하는 과업이나 일 따위와는 상관없는 것들이라고 짐작할 수 있다. '아름다운 것들'은 우리가 삶의 목적으로 추구하는 현실의 목표들과는 언제나 무관한 것들이고 어쩌면 바로 그 무관함 때문에 역으로 아름다워질 수도 있을 테다. 고료를 받지 않고 글을 쓸 때 가장 자유로워지는 것처럼 말이다.

기록되는 순간 그것의 오롯한 원본성이 파괴되고 사라질 수 없는 것으로 박제된다면 그 아름다운 것들은 '그'가 버린 문장들처럼 죽은 글자가 되고 만다. 그러니 쓰지 말라고 명령하는 화자는 살아 있는 아름다운 것들을 죽이지 말라는 문학의 황금률을 엄숙하게 제시하고 있는 것이다. 만약 그것들을 영원한 것으로 만들고 싶다면 언어의 칼끝으로 그것들을 도려낼 것이 아니라 우리의 손으로는 결코 모두 다 붙들 수 없는 "물질"로서 덩어리째 받아들라고, 심지어 그것을 만지려는 손조차 하나의 물질이라는 것을 상기하면서 '병의 입구를 열라'고 말한다. 우리가 할 수 있는 것은 병 안에 아름답고 어두운 그 물질들을 깔끔하고 완벽하게 밀봉해두는 것이 아니라 다만, 그것들을 건져 올려보려는 작은 시도를 할 수 있다는 것만을 알아두라고 말이다.

그래서 기록 가능한 모든 수단과 매체는 칼이다. 우리가 경험한 것을 자르고 편집하여 붙들어두는 박제의 칼이다. 머리부터 발끝까지 흘러넘치던 사랑의 순간을 우리는 어떻게 감히 그대로 재현할 수 있을까? 술 없이도 취한 것처럼 끝없이 이어지던 대화를, 말없이 서로의 빛을 주고받던 두 사람의 눈동자를, 파도처럼 휘몰아쳐 소리 지를 수도 없던 격정의 순간을 도대체 어떤 언어로 손상 없이 포획할 수 있단 말인가. 칼끝에서, 펜촉의 끝에서 우리의 삶은 매 순간 해체된다. 글을 쓰는 사람은 그러한 불가능성을 알면서도 매번 펜을 집어 들어 불완전할 수밖에 없는 재현을 향해 다가서는—다만, 병의 입구를 열어두는 사람이다.

그래서인지 최근 몇 달 동안 나는 만년필의 잉크를 한 번도 충전하지 않았다. 잊고 싶지 않은 순간들은 무수히 많았지만 기록으로 재현된 그 온전하지 않은 장면을 바라보느니 차라리 시간과 함께 서서히 퇴색되는 기억의 물질들을 내 머릿속에서 몇 번이고 재생하는 쪽을 택했다. 점점 더 일기를 쓰지 않게 되는 것도 그런 이유인 듯하다. 이 삶이 온몸으로 나를 통과하기를 매일 소망한다. 그것이 고통이든 행복이든 사랑이든 분노든, 시간이라는 불가항력에 의해 파괴되고 종국에는 사라질지언정 단 한 톨의 유실 없이 있는 그대로의 그 경험들을 몸속에 간직하고 싶다.

마개가 열려 있는 무수히 많은 병이 서 있는 것을 바라본다. 안에 든 것들이 기화되어 공중으로 흩어져 언젠가는 결국 빈 병에 불과하게 될지라도, 그것은 훼손되지

않은 채 그 누구도 아닌 바로 나와 함께 살다 간 것들이
될 것이다.

헤맬 수 있는 자유

우리는 가끔 스스로를 부러 어둠 속으로 내몬다. 내몬다는 말이 지나치게 피학적인 표현처럼 들린다면 이렇게 말해보자. 때로 우리는 제 발로 빛이 없는 곳을 찾아나선다. 이것은 방어나 회피 등의 이름으로 명명될 징후적 현상이라기보다(물론 두 눈을 감는다고 해서 빛이 사라지는 것은 아니지만) 오히려 욕망의 적극적인 추구에 가깝다. 그 누구의 시선도 나의 존재를 발견하지 못하도록 숨기고픈 욕망 말이다. 물론 존재를 완전히 감추는 것은 불가능하기 때문에 단지 일시적인 숨김 효과에 불과하다. 인간은 가끔 세상 모든 살아 있는 것으로부터 달아나고 싶을 때가 있다. 도망치고자 하는 대상에는 '나' 또한 포함이다. 인간의 내부에는 각자가 지닌 빛이 있어서 완전한 어둠으로 숨어들기 위해서는 자신 안의 불빛까지도 꺼야 한다. 그러므로 도주가 이끄는 최후 단계는 나 자신으로부터 벗어나는 것이다. 가령 페르난두 페소아의 『불안의 서』배수아 옮김, 봄날의책, 2014에 실린 다음 문장은 그러한 욕망을 아주 정직하게 서술한다.

나는 달아나고 싶다. 내가 아는 것으로부터, 내 것으로부터, 내가 사랑하는 것으로부터 달아나고 싶다. 나는 홀연히 떠나고 싶다. 불가능한 인도나 모든 것이 기다리는 남쪽의 섬나라가 아니라, 어딘가 알려지지 않은 곳, 작은 마을이나 외딴 장소, 지금 여기와는 아주 다른 곳으로. 나는 이곳의 얼굴들을, 이곳의 일상과 나날을 더 이상 보고 싶지 않다. 나는 낯선 이방인이 되어 내 피와 살 속에 뒤섞인 위선에서 벗어나 쉬고 싶다. 휴식이 아니라 생명으로서 잠이 나에게 다가오는 것을 느끼고 싶다.(300면)

자아로부터 달아나는 행위는 혼자가 되는 행위, 고립과 다르다. 고립은 오히려 자아를 주체의 몸 쪽으로 더욱 끌어당긴다. 나로부터 달아나기 위해서는 세계의 한가운데로 나가야 한다. 가령 우리가 유행하는 시가지의 북적이는 인파 속에서 익명의 한 사람으로 걸어 다니며 사람들을 관찰할 때, 다시 말해 내가 나에 대한 자의식을 발동하는 일을 잠시나마 멈출 수 있을 때 우리는 스스로와 긴밀히 연루된 상태로부터 일시적으로나마 놓여난다.

극장은 탈출에 대한 이러한 욕망을 충족시켜줄 수 있는 몇 안 되는 장소다. 지금은 거의 가지 않지만 한때 혼자 영화관을 줄기차게 방문했던 이유는 그래서였다. 내게 있어 '영화를 보기 위해서'라는 말은 '나에 대한 판단과 고민과 생각, 공상을 멈추기 위해서'라는 말과 동일하다. 리모컨을 손에 쥐고 VOD의 재생 버튼을 누르는 거실 소파는 그래서 '극장'이 되지 못한다. 집이야말로 무수한 '나'들로 빽빽이 들어찬 장소이기 때문이다. 집 안에서는 내가 발생시키는 자극을 차단할 수 없으므로 소파에서 보는 영화는 주체를 자아로부터 해방시키지 못한다. 오히려 영화를 자아 속으로 편입시킨다. 책은 어떨까? 책은 읽는 장소의 변화에 따라 같은 책도 나에게 다른 힘을 발휘한다. 이불 안에서 읽는 책보다는 자주 찾지 않던 공원 벤치에서 바람을 쐬며 읽는 책이 나를 전에 없던 세계로 데려간다. 읽는 행위, 다시 말해 보는 행위는 세계를 구성하는 구체적인 물질성과 주체의 몸 사이에서 일어나는 화학적 상호작용이다. 그것은 내용과 의미, 그리고 새로운 시공간을 창발한다. 낯선 공간 속에서 이미 알던 대상들은 낯빛을 바꾸어 처음 조우하는 사물들이 된다.

그렇다면 극장에 설치된 스크린, 낯선 장소에서 우리가 펼쳐 드는 책의 페이지 한 장 한 장은 원초적 무형의 세계이다. 이처럼 타자와의 접속은 아이러니하게도 백지tabula rasa로부터 시작한다. 관계는 '나'가 소거되어 있는 완벽한 무의 세계에서 태어난다. 한데 우리는 저마다의 실존을 갖고 있다. 다시 말해, 우리는 저마다 세계를 지각하는 고유한 스키마schema를 보유하고 있다는 말인데, 이러한 지각 방식을 텍스트에 기워넣으며 저마다의 독해를 해나가지만 그것의 결과로 우리가 받아 드는 것은 해석의 완성이 아니라 또 다른 출발점, 새로운 한 페이지의 백지일 따름이다. 내가 그간 알던 세계는 텍스트를 읽기 시작함과 동시에 단번에 무너져버린다. 단 하나의 장면, 단 한 단락의 텍스트가 우리의 실존을 비가역적으로 변형한다. 독자와 작가가 저마다 지향하는 문학론은 다르겠으나 내가 지향하는 것은 어디까지나 '나'를 앞세우지 않는 문학, 고체처럼 단단한 '나'의 분자들을 흩뜨려 액체와 기체의 상태로 유동하게 하는 힘으로서의 문학이다.

앞서 언급한 페소아의 책 『불안의 서』는 언뜻 보기에 정말로 '불안'anxiety으로 점철된 것 같지만 실은 불안이 아니라 자유의 극한 속에서 활보하는 '나'의 말들로 채워져 있다. 영어 제목 'The Book of Disquiet'은 말 그대로 '침묵하지 않는'disquiet, 계속해서 쏟아져나오는 말들로 인해 흔들리고 유동하는 상태를 말한다고 생각한다. '불안'은 그러한 의미의 세목들을 종합한 최종적인 의

역의 결과일 것이다. 나는 페소아의 말들을 불안이 아니라 '불안정'이라고 번역하고도 싶다. 오웰의 말에 따르면 페소아가 쏟아내는 끊이지 않는 말의 기록은 작가가 '나'로 인해 질식하지 않기 위해 계속해서 도모하는 탈출의 행위, 자유의 극한에 도달하기 위한 발화다. 세계가 주체에게 마구 내던지는 자극의 다발들을 몸으로 곧장 흡수하고 체화하는 것이 아니라, 요컨대 감각을 감각이 아닌 감각의 인지 상태로 받아들일 수 있다면, '나'는 그때 '나'로부터 한 걸음 물러서게 된다.

이미 오래전부터 나는 더 이상 존재하지 않는다. 나는 완벽하게 조용하다. 누구도 나를 나 자신과 구별해내지 못한다. 나는 마치 뭔가 새로운 것, 혹은 미루어두었던 일을 완수하는 것처럼 호흡하며 그것을 즉각 느낀다. 나는 의식에 도달한다. 의식을 소유하는 것에 도달한다. (…) 나는 산책자의 머리를 들고, 성벽이 있는 언덕 위 맞은편 하늘에서 저물어가는 태양을 본다. 수십 개의 창에 석양빛이 반사되며 차가운 불길로 타오른다. 단단하

게 펄럭거리는 이들 화염의 눈동자 주변으로 전체 언덕
이 저물어가는 하루의 빛 속에 부드러운 형체로 누워 있
다. 최소한 나는 슬픔을 느낄 수 있고, 내 슬픔이 지나가
는 전차의 급작스러운 소음과 ─ 나는 그것을 귀로 보았
다 ─ 교차한 것을, 우연히 들려온 젊은이들의 목소리,
살아 있는 도시가 잊어버린 웅얼거림과 엇갈려 지나간
것을 의식할 수 있다.

　　이미 오래전부터 나는 더 이상 내가 아니다.

(253~54면)

인간이라는 존재는 머리부터 발끝까지 온갖 역설로
구성된 입체이므로 그가 지각하는 세계상 또한 역설적
인 과정을 통해 만들어진다. 마치 존재하지 않는 상태로
'나'가 있을 때(역설 1) '나'의 존재하는 슬픔을 느낄 수
있고(역설 2) 도시가 살아서 만들어내는 복잡한 소리들
을 감각하며(역설 3) 나아가, 그 소리들을 귀로 듣는 것
이 아니라 볼 수 있게 된다(역설 4). '불안'이라고 이름
붙여진 책의 서술자는 자유의 극점을 점유한 채로 사유

와 발화를 무한에 가깝게 탕진하고 세계와 나 사이의 공
간을 활보한다. 이러한 역설들이 성립 가능한 이유 또한
역설의 층위에서만 설명된다.(이토록 복잡한 단순함이
라니!) 그러니까 내가 나를 폐기하고자 하는 욕망은 문
학이라는 행위, 읽고 쓰는 행위를 통해서 실현될 수 있
다는 말이다. 주체가 주체를 무너뜨리기 위해 주체의 언
어를 기록하여 휘발되는 소리를 문자로 단단히 붙들어
매는 것, 이것이 역설이 아니면 무엇이겠는가.

　　종종 나는 감각의 한가운데서, 대개는 급작스럽게
엄습하는 극심한 삶의 피로에 사로잡히는데, 그것이 너
무도 지독하여 어떻게 극복해보려는 엄두를 내지 못한
다. 자살은 의심스러운 해결책으로 보인다. 비록 무의식
을 선사해주긴 하지만 죽음도 충분하지는 않다. (…) 나
는 그것을 글로 씀으로써 그것을 치유한다. (…) 설사 문
학에 다른 효용가치는 전혀 없을지라도, 그래도 최소한
이런 치료제의 역할 하나만은 확실하다. 비록 소수의 인
간에게만 적용되는 것이긴 하지만.(255면)

최근 몇 년 동안 내가 극장에 거의 가지 않게 된 것은 코로나라는 거시적인 맥락도 분명 작용했겠지만, 굳이 극장에 가지 않아도 '나'를 낯설게 보게 하는 여러 사건과 시공간이 생겨나서라고 생각한다. 태어나서 문학과 이토록 가까워본 적이 있었던가. 문학은 나의 모든 것을 낯설게 만들었다. 종종 써오던 일기도, 어릴 때 읽었던 동화책과 소설, 그리고 나와 관계 맺고 있는 여러 사람을 다시 보는 시선도 모두 문학에 의해 처음 경험하는 과정 속에서 다시 읽히는 중이다. 삶을 구성하는 것들의 좌표가 흔들리면서 모든 것이 재의미화되고 재정렬되고 있다. 페소아의 책을 '불안'이라 번역한 역자의 의중도 이러한 맥락이지 않을까? '나'를 자아 속으로 더욱더 침잠시키는 어둠의 불안이 아니라 삶을 이루고 있는 모든 것, 한 줌의 햇빛과 흩어지는 노을, 거리의 익숙한 소음마저도 자아가 알고 있던 어제로부터 추방시켜버리는 극한의 자유 ─ '나'를 자아로부터 해방시키는 요동하는 불안이리라. 내게 『불안의 서』는 그래서 '자유의 책'이다.

나는 내가 문학 속에서 흩어지고 모이고, 다시 해체되고 재구성되는 것을 바라보고 싶다. 물론, 문학은 내 삶을 전에 없이 꼬이게 했다. 새로운 고통의 종류를 알려주었고, 단순하던 것들을 어려운 역설 속으로 몰아넣으며 평화롭던 땅을 복잡한 미로로 만들었다. 이러한 위태로움은 그럼에도 불구하고 아니, 바로 그러한 이유에서 극한의 자유다. 헤맬 수 있는 자유, 오늘과 내일은 어제와 다를 수밖에 없다는 필연적인 변동의 가능성은 나를 숨 쉬게 하는 궁극의 불안이다.

창가에서

D에게

안녕, 영추문 앞 노란 은행잎이 떨어지던 가을을 지나고 집 앞마당에 눈사람을 몇 명이나 만들곤 하던 겨울도 떠나고 이제 입춘을 넘어선다. 너에게 편지를 쓰던 가을에서 다시 봄의 초입을 바라보다니, 편지 속에서 나의 겨울은 어디론가 사라져버렸네. 그간 잘 지냈는지? 나는 지난달에 짧게 입원을 했었어. 그토록 익숙하던 병원이었는데 그래서 병동 바깥에서의 삶에 적응할 수 있을까 많이 두려웠는데 이제는 입원이 낯선 일이 되다니 새삼 어색하더라. 병원에 들어가면서 일상의 모든 더께를 잠시만이라도 내려놓자고 생각하면서 텅 빈 가방을 들고 갔어. 물론, 완전히 빈 가방은 아니었고 핸드폰 충전기, 그리고 노란색 시집* 한 권만 딱 넣어 갔지. 멀리 연주 여행을 간 너에게 오늘은 내가 읽은 시집 이야기를 들려주려고 해. 이번엔 1인실이 아니라 다인실에 있었고 운 좋게 창가 침대를 쓸 수 있어서 읽는 내내 늦겨울의 햇빛이 종이 위로 부서지는 것을 바라보았어. 병원에서 내가 한 일이라고는 매일 열여섯 시간의 수면, 깨작거리며 병원 밥 먹기, 그리고 이 노란 시집을 펼친 일이었네. 사람과 글로부터 놓여날 기회라고 생각했는데 그래도 왠지 이 시집만큼은 꼭 들고 가야겠더라. 연필 한 자루 안 챙겼는데도 이 책만큼은 꼭.

노란 꽃을 선물하는 사람의 웃음 속에는 다만

굵은 게이지 바늘에 오랜만에 손목을 붙들린 채 읽었

* 고명재, 『우리가 키스할 때 눈을 감는 건』, 문학동네, 2022.

던 정오의 시를 먼저 보여줄게. 어린이 환자를 위해 만들어둔 실내 놀이터의 시소 위에 앉아서 읽었어. 아니, 내가 보니까 말이지, 이 시인은 꽤 독특하게 재미있는 사람 같아. 뭐가 재밌냐고?

1.

사랑은 볕 안에서 되살아난다 그래서 뿌리식물은 뱃속을 데우는 것이다 나는 달래 더덕 인삼 췌장을 캐며 머리칼을 우지직 뜯던 사람을 알고 캄캄한 CT 사진을 들여다보면서 우리는 말없이 흙과 돌을 씹어 삼켰다 콧속에서 도라지 뿌리가 튀어나왔다

—「환」부분

사랑은 햇빛 안에서 되살아난다는데 그건 아마도 빛의 온기가 싹을 틔웠기 때문인 듯하다. 우리가 "흙과 돌을 씹어 삼켰"더니 "콧속에서 도라지 뿌리가 튀어나왔다"잖아? (그들은 분명 사랑하고 있는 것이지.) 이들이 하는 사랑은 식물성인 것 같은데, 그래서 달래도 더덕

도 인삼도 좋아하는 것 같은데 갑자기 그 끝에서 췌장과 CT가 나온다. 둘 중 한 사람은 아픈 것 같다. 그래서 "흰 살 생선, 이런 건 잘/못 먹겠다"고 접시를 물려두고, 가을에 수확한 대추의 빛나는 붉음 위에서 "장례를 마치고 대문을 미는데 마당이 불"타는 광경을 보게 되는 거겠지. 아픔의 상황을 이렇게 숨겨두는 시인이라니, 놀랐어. 시인들은 대개 아픔에 관해, 혹은 그 아픔이 만드는 그림자나 테두리에 관해 말하고자 하니까. 그런데 '아프지 않다'고 말하는 마음이라니……. 대추의 불그스름한 가을빛과 뿌리약재들의 건강한 내음 속에 죽음의 이미지를 정말 조그맣게 숨겨두었더라고. 아픔을 전시하지 않고 오히려 꼭꼭 숨겨두려는 시인의 의도에도 불구하고 끝내 숨겨질 수 없는 깨알같이 오돌토돌한 통각은 ("보고 싶다고 중얼대며 깨를 뿌린다") 오히려 꼭 그만큼 극대화되어 전해진다.

이토록 마음 찡한 심드렁함 속에서도 그는 웃음만은 절대 숨기지 않고 꺼내 보인다.

7.

엄마에게 전화가 왔다 급하다고, 다짜고짜 가게에
쓸 재료를 부르기 시작했다 멸치 마늘 양파 홍합 갈치
순두부 갑자기 꽃을 하나 사달라 했다

8.

꽃을 사서 엄마 손에 쥐여주었다

9.

해바라기유를 잘못 알아들었다

—「환」 부분

두 번을 반복해서 읽고 나서야 이 대목을 이해했어.
(아마 그들은 충청도 사람이겠지?) "캄캄한 CT 사진을
들여다보면서" "말없이 흙과 돌을 씹어 삼켰다"는 처참
함 속에서도 심부름을 하고, 엄마에게 능청스럽게 해바
라기도 선물하고 말이지.(잘못 알아들었을 리가 없다에
오백 원을 걸게. 그저 문득 꽃을 샀겠지.) '환'患, 아픔이라

는 제목의 이 시는 이상하게도 읽는 이의 마음에 '환'한 빛을 가득 부어버리며 끝이 난다.("왜 그래 이거 봐 너무 환하다 개나리야") 시집처럼 노란 해바라기에 이어 슬피 우는 친구에게도 개나리를 선물하면서. 췌장이 시커멓게 막혀 있는 양반이 사람들에게 노란 꽃을 선물한다. 꽃을 받아야 할 사람, 위로를 받고 보살핌을 받아야 할 사람은 오히려 자기 쪽일 텐데. 참 재밌지. 내가 이 시가 '재미'있다고 말한 건 바로 이런 거야. 아프게 재미있어. 아픈 사람만이 오히려 타인의 상처들을 더욱 잘 볼 수 있어서 오히려 그들이 다른 이들을 보듬게 되는 기이하게 아름다운 풍경들이 그렇다.

시를 읽고 나서 책을 덮고 실내를 한 번 둘러보았지. 나는 이미 낡고 지쳐가는 어른이지만 너도 알다시피 몸 때문에 어린이 병동에서 지내야 했는데 다들 주삿바늘을 꽂고 작게 몸을 움직이며 조심스럽게 노는 아이들이 갑자기 하나도 안 아파 보이는 거야. 시인의 삶에도 이렇게 '안 아픈' 풍경이 있었기에 '해바라기유' 같은 시를 쓴 건가 짐작해본다. 귀한 마음이야. 아픔의 소용돌

이에 휩쓸리지 않고 마치 얼음이 녹은 강물 위를 조용히 헤엄쳐 가는 오리 한 마리처럼 세상을 더욱 고요하게만 본다. 통각은 활활 타오르며 날뛸 때가 아니라 불꽃이 꺼지고 가라앉아 쌓인 눈처럼 조용해질 때 왜 더욱 시리게 아픈 걸까. 눈 속에서 건네는 해바라기 한 다발을 어린이 병동의 놀이터에서 나는 분명하게 보았어.

그가 사랑을 하면 세계는 파괴되며 자라나고

이 시인은 한 가지 중요한 진실을 알려주기도 하는데, 키스할 때 눈을 감는 이유가 바로, 두 입술이 맞대고 있을 때 도착하는 미래의 빛이 너무 눈부셔서 차마 눈을 뜨고 있을 수가 없기 때문이래. 자신의 아픔 속에서 타인에게 다정함을 건넬 수 있는 사람이라면, 다른 이의 마음을 건너다볼 수 있는 심장과 머리를 가진 사람이라면 세계의 빛은 충분히 밝고 밝을 테니 과연 정말 그럴 것 같기도 해.

가장 투명한 부위로 시가 되는 것

우리가 키스할 때 눈을 감는 건

미래가 빛나서

눈 밝는 소리에 개들은 심장이 커지고

그건 낯선 이가 오고 있는 간격이니까

대문은 집의 입술, 벨을 누를 때

세계는 온다 날갯짓을 대신하여

　　　　　　　—「우리가 키스할 때 눈을 감는 건」 부분

　아까는 코에서 도라지꽃이 피더니 이제는 "배꼽을 파
면서/입이나 귀에서 백합이 마구 피면 좋겠다"고 "꽃처
럼 웃"는 이 사람을 좀 봐. 전문을 여기에 모두 옮길 수
는 없지만(편지지가 몇 장 없음을 이해해주길 바라) 이
시는 사물들이 에너지로 충전되어서 잔뜩 부풀어오르
는 이미지들로 가득해. 가령 "감자에 뿔이 자라는 소리"
라던가 "쫑긋쫑긋 산맥이 서서 목덜미 터지고", "흙속
에서 더덕이 다리를 뻗"고, 어둠 속에서 '너'는 육상선
수처럼 빠르게 달리지. 증폭하는 모든 파동의 정체는 날
갯짓하며 세계가 오는 소리, 그 소리는 귓가를 부숴버릴

것처럼 육중해서 무서울 정도야. 이건 바로 '네'가 '나'에게 들이닥치는 소리, 점점 나의 세계로 가까워지는 너의 태양계가 움직이는 소리. 그러니 이러한 변화와 운동의 거대함 앞에서 내 입술이 네 입술과 마찰하게 될 때, 다만 눈을 질끈 감을 수밖에 없지 않겠어? 키스라는 건 행성과 행성의 충돌, 궤도의 마찰과 파괴, 그리하여 완전히 무너지는 '이미'로 구성된 어제의 세계라니. 무너져내리는 세계의 모습을 보고 있는데 왜인지 기분이 좋아지는 냄새가 난다.

> 매일 사랑하는 사람의 유골을 반죽에 섞고
> 언덕이 부풀 때까지 기다렸어요
> 물려받은 빵집이거든요
> 무르고 싶은 일들이 많아서
> 사람이 강물이죠 눈빛이 일렁이죠
> 사랑은 사람 속에서 흐르고 굴러야 사랑인 거죠
>
> (…)

가장 아름답게 무너질 벽을 상상하는 것

페이스트리란

구멍의 맛을 가늠하는 것

우리는 겹겹의 공실에 개들을 둔 채

바스러지는 낙엽의 소리를 엿듣고

뭉개지는 버터의 몸집 위에서

우리 여름날의 눈부신 햇빛을 봐요

—「페이스트리」부분

　파괴되는 세계는 시인에게 소멸이 아니라 오히려 확
장의 역동성으로 다가간다. 그런데 해바라기에 췌장을
숨겨두었던 그는 여기에서도 빵 반죽에 죽음을 숨겨두
네. 그 와중에 작은 유머도 숨겨둔다. "물려받은 빵집이"
라서 "무르고 싶은 일들이 많"은 거라니. 과거에 대한
후회와 아쉬움은 말랑거리는 반죽 사이로 섞여 들어가
일렁이는 사랑으로 구워지네. 참 신기하지. 그에게 사랑
하는 일은 맛있는 빵을 구워내는 일처럼 그가 가진 고유

한 역량을 발휘하는 일인 듯하다. 빵집을 운영한다는 것은 '가장 아름답게 무너지는' 일, 그리고 사랑하는 누군가를 잃고 난 후의 시간을 살아내는 일이기도 하고. 아직 찾아오지 않았거나 혹은 이미 지나가서 다시는 오지 않을지도 모르는 그 여름의 시간을 "뭉개지는 버터의 몸집 위에서" 볼 수 있는 것은, 화자가 상처를 인위적으로 지워버리는 게 아니라 바로 그 상처들을 자신의 반죽 안에 고스란히 집어넣어서 빵으로 구워냈기 때문이라고 생각해.

눈을 감고 떠올려보자. 아무리 보고 싶어도 이제 더는 볼 수 없는 이의 뼈를 가루로 빻아서 '너'에게 건네줄 빵으로 굽는 누군가를 말이야. "흐르는 강물에서 기다란 바게트를 꺼내"며 끝나는 이 시에서 나는 예수의 사랑을 떠올린다. 우리를 구원해줄 가장 성스러운 것은 죽음을 내다 버리지 않고 삶의 가장 환한 곳에 나란히 심어두는 힘이 아닐까, 하고서. 수술실에 들어갈 때마다 내가 그토록 겁이 없었던 건 마치 시인의 반죽처럼 내 몸을 가득 채운 죽음의 마지막 한 조각까지 꾸역꾸역 챙겨

갔기 때문이 아닐까, 하는 생각도 들고. 역설적으로 삶이 죽음을 온전히 끌어안을 때 세계는 가장 아름답게 무너지면서, 가장 큰 소리로 파열하면서, 그러나 가장 향긋한 크루아상처럼 크게 부풀어오르며 자라난다.

민트초콜릿에 키스하는 혀는 역기만큼 무거워서

병실에서는 근처 대학가가 한눈에 내려다보였어. 멀리 독수리다방도 보이고 교회도 보이고 자주 가던 파스타집도 보였지. 퇴교하는 대학생들의 빠른 발걸음이 보이고 맑은 날에는 학생들이 신은 구두 굽의 높이까지도 볼 수 있을 정도였어. 세속과 너무나 가까운 거리에서 그것과 완벽히 유리된 공간이 마치 화분처럼 아무렇지 않게 놓여 있는 형국이 신기해서 하염없이 창밖을 내다본 시간들이 있었네. 그러다보면 내가 두고 온 시간들이 그리워지고 어쩐지 조금 울적해지곤 해서 난감했는데, 이 시를 보고 그만 파하하 웃어버렸어. 읽어줄게. 들어봐. 너도 아마 웃을걸?

혹시 민트초코를 좋아하십니까 짙푸른

허브의 입술이 궁금하다면

파랗게 키스하자 젊은 혀들아

어금니에 박힌 초콜릿 조각을 함께 녹이며

우리는 우리의 청량(淸凉)을 완성합니다

(…)

오이와 가지의 식감에 찬성합니다

근대문학의 종언에 반대합니다

통폐합된 학과를 계속 다닐 겁니다

혼잣말을 열심히 중얼거릴 때

언어가 휭휭, 손끝은 창백해지고

혹시 역기(力器)만큼 시도 무겁습니까

(…)

단 하나를 향하여 끝을 살면서

꽃이 피든 안 피든 사랑하여서

우리는 우리의 허파에 진심입니다

　　　　　　　　—「비인기 종목에 진심인 편」 부분

　어때? 첫 행부터 웃기지 않아? 갑자기 민트초코를 좋아하느냐니!(물론 나는 언제나 민트초코에 진심이라서 웃긴 거일 수도……. 네가 민트를 좋아했는지 아닌지 기억이 잘 안 나, 미안.) 숫기 없는 남자가 소개팅에서 던질 법한 뜬금없는 질문의 뒤를 읽어보니 웬걸, 숫기 없는 이가 아니라 노련한 사람이었잖아! 하고 놀라게 되지. 어금니까지 핥는 청량한 민트 향의 혀를 생각해봐. 내가 읽었던 그 어떤 키스 장면보다도 열렬한 이 장면은 그 뜨거움을 민트에 숨겨두고 짐짓 아닌 척하는 게 퍽 귀여웠어.

　네가 못 먹는 오이에 대해서 이 사람은 또 한 번 열렬히 "찬성"한다고 하네, 그런데 "근대문학의 종언에"는 "반대"한단다. 여기서 파하하 또 웃고……. 시는 언제나 무거운 걸까? 이 시에 의하면 문학은 민트초코나 오이처럼 찬성하거나 반대할 수도 있는 정도의 무게인 것 같은데? 어쩌면 민트초코나 오이가 내가 생각했던 것보다 휘 — 얼 — 씬 무거운 사안이었을지도 모르지. 개인의 취향은 일상의 질감을 좌우하는 아주 중요한 것이니까. 그런데 역시나, 찬성과 반대가 문제가 아니었어. "꽃이 피든 안 피든" "우리는"('우리'는 민트초코와 오이에 찬성하고 근대문학의 종언에 반대하는 자들의 모임이겠지) "사랑하여서" "우리의 허파에 진심"이라고 한다. 이 모든 것들을 "진심"으로 사랑하니까, 허파로 숨 쉬는 일처럼 '진짜'로 사랑하니까 괜찮다고 말한다. 그러니 호흡하는 일처럼 사랑을 멈추지 않겠다고 대차게 선언한다. 돌아가서 제목을 다시 읽어보면 '비인기 종목'을 사랑하는 시인의 능청스러움과 귀여움에 의해 우리는 한 번 더 웃지. 시를 읽으면서 이렇게 밝은 마음으로 웃어본 게 얼마 만인가 싶어.

창가에서 고개를 돌리고 책으로 다시 고개를 숙였지. 이번에도 화자는 열렬히 키스를 하고 있네. 그런데, 조금 위험해 보인다.

사과의 떨어질 권리 — 뭉개질 자유

고공농성을 하는 목소리, 귀청과 폭포수

오토바이를 한껏 기울여 슬쩍 스칠래

양파처럼 고요하고

흰 무릎으로

아슬아슬 땅을 치고 날아가는 새

복부를 급히 가르는 수술실 메스

펄펄 끓는 주전자에 입을 맞추고 싶었다

과도를 든 손목에 키스를 퍼붓고 싶었다

레몬을 갈라

흠집 속의 세계를 엿보며

너와 함께 눈부신 음을 핥고 싶었다

그렇게 우린 바늘을 들어 다래끼를 찌르네

줄줄 흐르는 눈앞의 금광을 보면서

사랑하는 곡괭이, 모든 갱의 정수리

한 점 힘에서 못자리와 유전은 열리고

지금 당장 콩팥을 꺼내겠다는

슬픔과 팥죽이 곤죽인 눈을 보면서

살아야 할 이유가 사과꽃으로

신장과 바통

사랑과 미래

수술실 앞에서

언젠가 머리 위의 심장을 꿰뚫었다는

—「사이 새」 부분

병원에서 시집을 펼쳐 드는 바람에 이런 시를 만나
게 된 것은 당연히 아닐 테지만, 이 사람도 나처럼 병원
에서의 시간을 보냈었네. 그가 창으로 넘겨다본 병실 바
깥 풍경은 시끄러운 시위 현장과 굉음을 내뿜는 오토바
이가 길을 빠르게 스치고 지나가는 장면이었던 것 같다.
응급수술이 있었던 모양인데 그게 화자의 몸을 향한 건
아니고, 그가 사랑하는 누군가가 신장을 떼어내야 했던
것 같다. 적출되는 "콩팥"을 "슬픔과 팥죽이 곤죽인 눈"

으로 보면서 그래도 그것을 잘라내는 일이 죽음이 아니라 "사랑과 미래"를 바통 터치하는 콩팥의 달리기라고 써내려가지. 그러니 「비인기 종목에 진심인 편」에서 화자가 던진 물음에 다시 한번 더 답안을 제출해보자면, 시는 역기보다도 무거운 것이 과연 맞는 듯도 하다. 그에게 시는 삶과 죽음을 견인해내는 일이니까, 서슴없이 바늘을 들어 부풀어오른 다래끼를 찔러 배농하고 그 흐르는 체액을 벌건 눈으로 부릅뜨고 지켜보는 힘이니까. "아슬아슬 땅을 치고 날아가는 새"처럼 수술실과 병실, 병원과 거리 사이를 아슬아슬하게 줄타기하며 오가는 시가 그럼에도 불구하고 결코 위태롭게 느껴지지 않는 이유는 그가 단호한 목소리로 말하는 두 단어 때문이 아닐까. "사랑과 미래" 말이야.

병원을 가득 채운 것은 죽음의 그림자가 아니라 다만 "사랑과 미래"를 염원하는 밝은 마음, 그러니까 우리가 '환'患하다는 것은 말 그대로 '환'하다(光)는 말이기도 하다고 시인은 만물의 감각을 통해 전해온다. 이 시집에는 조용히 힘주어 쥔 두 주먹이 사물들의 색과 빛, 그리고 세상의 변화와 시간 안에 제 몸을 숨기고 있어. "사랑과 미래"를 향해 불끈 쥔 두 주먹을 본다.

보고 싶은 D, 네가 한국으로 다시 돌아오면 그때는 완연한 봄이겠지? 너와 다시 만나게 되는 그날에는 해바라기를 한 다발 사 가야겠어.(이 편지는 아마 네가 귀국하고도 몇 주 뒤에야 도착할 테니 꽃다발에 대해 적어도 상관없겠지.) 시집을 다 읽고 나니 내게 '노란 꽃'은 아픔을 토양 삼아 피어나는 구근식물이 되었다. 수선화도 생각나고. 아픔과 죽음을 직시할 때, 그러나 그를 둘러싼 생의 감각들을 한 조각도 놓치지 않고 그러모아 빵처럼 구워낼 때, 시인의 시선이 그러한 것처럼 우리 역시도 피어나는 노란 꽃 한 송이를 바라볼 수 있겠지. 그리고 그렇게 빛나는 세계에서 키스할 때는 반드시 눈을 꼭 감아야겠지. 사랑하려면 더욱더 짙은 어둠 속에서 입을 맞추어야겠지. 환하고 환한 사랑이 잘 보이도록.

싱그러운 감수성의 탄생

전승민 평론가의 글을 읽으면, 그녀와 함께 실시간으로 이루어지는 '감동의 공동체'에 가입하게 된다. 그녀가 좋아하는 시를 따라 읽고, 그녀가 요즘 읽고 있는 소설을 함께 읽으며, 실시간으로 생중계되는 그 감동과 깨달음의 시간에 동참하고 싶어진다. 그녀의 글에서는 그 흔한 '벽'이 느껴지지 않기 때문이다. 글쓰기는 표현의 기술이기도 하지만 은폐의 기술이기도 해서, 무언가를 표

정여울 에세이스트, 문학평론가. 『문학이 필요한 시간』 『오직 나를 위한 미술관』 『나를 돌보지 않는 나에게』 등을 썼다. KBS 라디오 「정여울의 도서관」을 진행한다.

현하는 순간 무언가를 자신도 모르게 은닉하게도 된다. 더 많은 글을 쓸수록 더욱 교묘하게 '잘 표현된 자아'라는 장벽 뒤에 숨어버리는 사람도 많다. 하지만 전승민의 글에는 그런 은닉의 장치가 느껴지지 않는다. 남들이 자신을 지키기 위해 겹겹이 방어벽을 쌓아올릴 때에도, 오히려 그녀는 원래 있는 담장마저 허물며 바깥세상과 어떻게든 소통할 궁리를 해낼 것이다. 그녀의 문장 하나하나가 독자를 향하여 따사로운 환대의 미소를 짓고 있다. 그 환대의 미소는 예의 바른 친절의 습관이 아니라 수많은 트라우마를 견뎌낸 사람의 단단한 내공으로부터 우러나온 것이기에 더욱 믿음직스럽다.

나는 아직 한 번도 그녀를 만난 적이 없는데, 그녀의 글만 본 상태에서 그녀에게 가장 어울리는 단어를 '든든하다' 또는 '믿음직스럽다'라고 느끼게 되었다. 이 험난한 불신과 혐오의 사회에서, 이토록 터무니없이 따스한 글을 쓰는 사람이라면 그저 아무 의심 없이 덜컥 믿어버려도 될 것 같다. 단지 그녀의 다채로운 취향이 궁금하기 때문이 아니라 그녀가 이 모든 텍스트—시, 소설, 사람, 사건, 사회까지 아우르는 '세계'라는 거대한 텍스트—를 읽어내는 섬세하면서도 열정적인 시선, 사람과 세상을 바라보는 따스한 시선이 아름답기 때문이다. 전승민 평론가의 글을 읽으며 나는 단지 좋은 책 한 권을 읽은 느낌을 넘어 누군가와 밤새도록 술잔을 기울이며 강렬하게 교감을 한 듯한 기분 좋은 친밀감의 덫에 걸려버렸다.

그녀는 딱딱하고 건조한 논리 중심의 비평이 아니라 글쓰기에 대한 사랑, 읽기와 쓰기에 대한 사랑으로 단단히 무장하여 한 문장 한 문장에서 열정이 느껴지는 글을 쓴다. 그녀는 마치 친구와 대화하며 독서모임을 하는 것처럼 따뜻하고 섬세하게 글을 이끈다. 게다가 평론이 아닌 에세이에서는 입말의 친근함, 소소한 일상의 디테일이 풍요로운 성찰처럼 펼쳐져 있어 더욱 정겹고 따스하다. 전승민은 김멜라의 작품세계를 가리켜 다정하면서도 급진적이라고 했는데 그녀 자신의 글도 그렇다. 전승민의 글쓰기는 다정하면서도 급진적인데, 퀴어하면서도 낭만적이고 달콤한 데가 있다. 그녀는 모두가 궁금해할 질문을 던지고 온갖 신간을 바지런히 챙겨 읽으면서도 책 속에는 나오지 않은 자신만의 자연스러운 문장으로 인생을 그려낼 줄 안다. 예컨대 이런 문장 앞에 서면 그녀뿐만 아니라 그녀의 가족까지 함께 만난 느낌에 사로잡힌다.

엄마는 내게 그 누구보다도 익숙하고 편안한 사람이지만, 정작 그녀가 어떤 마음으로 자기 삶 속에 나를 위치시키고 있는지 알 수 없다는 사실이 아이러니했다.

내가 수술실로 들어가기 전 금식으로 주린 배를 안고 물이 마시고 싶다고 하자 물수건으로 입술을 적셔주던 손길을, 한밤중 모든 불이 꺼진 병실에서 정장 차림으로 핸드백과 신상 레고 박스를 들고 내 옆에 앉아 있던 그 마음을 나는 알지 못한다. 동생과 블록을 갖고 놀다가 내가 애써 완성한 요새를 동생이 멋대로 무너뜨렸을 때 짜증 부리던 나를 보고 그녀가 무슨 생각을 했는지 나는 알지 못한다. 그때의 그녀를 나는 알고 싶었다.

(…) 엄마는 도대체 뭘 믿고 나를 그렇게 사랑한 걸

까. 도대체 뭘 믿고 내게 이렇게 멋지고 좋은 삶을 보여

주려 한 걸까. 도대체 뭘 믿고 자기 삶의 일부를 도려내

어 나에게 준 걸까. 내가 어떤 사람일 줄 알고…….

—「사랑의 모형」 중에서

그녀는 자신을 지금까지 밀어온 생의 에너지가 아주

원초적이고 지속적인 사랑임을 알고 있다. 그 사랑은 가

족과 커플만을 챙기는 배타적인 사랑이 아니라 세상 그

자체를 향해 열려 있는 깊고 너른 환대의 에너지다. 언

제나 자신을 조건 없이 응원해준 가족의 애틋한 사랑,

반려견 호두의 거침없고 느닷없는 사랑, 그녀에게 평론

가의 삶을 권해준 스승의 사랑, 그리고 오랫동안 제대

로 걷지 못했지만 힘겨운 치료 과정을 거쳐 이제는 걸을

수 있게 된 자신의 삶에 대한 사랑, 무엇보다도 평론가

로 데뷔하여 이제는 '글쟁이의 삶'을 살게 된 자신의 운

명에 대한 사랑. 그녀의 사랑은 그녀가 힘겹게 노력하여

쟁취해온 삶의 과정 자체를 향한 사랑이다. 그녀가 항상

명랑하고 활기차고 유복하게만 성장한 것은 아니기에

이 사랑은 더욱 애잔하다. 그녀에게 사랑은 외적인 풍요가 아니라 그 모든 고통과 장애물에도 불구하고 항상 누군가와 기어이 함께하는 마음에서 우러나오는 것이다. 고통의 한가운데에서도 희망과 미소를 간직하는 사랑은 그녀에게 삶의 과정 그 자체다. 그녀는 이십 대의 대부분을 병원에서 보냈고, 자신이 장애인과 비장애인의 경계에 있음을 깨닫는다. 게다가 다른 친구들이 팀장으로 승진할 때 '학부 1학년'으로 복학하여 공부를 처음부터 다시 시작했다. 그런데 바로 그렇게 모든 것을 처음으로 다시 시작하는 과정에서 자신이 진정으로 원하는 삶의 기쁨을 깨닫게 된 것이다.

누군가는 나를 보고 불쌍하다고 말하겠지만, 누군가는 나를 보고 다 가진 사람이라고 말할지도 모른다. 내 친구들은 대개 전문직에 종사하고 있고 대기업에 다니며 일찍 결혼해서 아이를 키우는, 소위 말하는 '정상성'을 온몸으로 체현하며 사는 이들이지만 정작 내 입장에서는 그들이 나와 많이 다르다고 느끼진 못한다. 그

냥 서로 원하는 것이 달랐을 뿐이고, 그것을 이룰 수 있
는 시점이 서로의 삶에서 다르게 찾아왔던 것뿐이라는
생각이다. 내가 그러한 것처럼 친구들도 내 삶을 그렇게
이해한다. 그들이 회사에서 대리로, 팀장으로 승진할 때
나는 겨우 학부 1학년으로 복학해야겠다는 일생일대의
결심을 했다. 사회 통념상으로 나는 실패자가 분명했다.
하지만 정말로 내가 그런 시선에 크게 영향을 받지 않았
던 것은 누가 뭐라 해도, 뭘 어떻게 한다 해도, 신적인 존
재가 와서 뭘 어떻게 부린다 해도 이건 나의 삶이었기
때문이다.

—「처음의 여름」 중에서

전승민 평론가의 글쓰기에서 놀라운 점은 그렇게 많
은 고난을 겪었음에도 불구하고 어두운 그늘이 전혀 느
껴지지 않는다는 점이다. 그것은 그림자에 대한 혐오가
아니라 '내 삶을 있는 그대로 사랑하는 용기'에서 우러
나오는 것임을 누구나 알 수 있을 것이다. 이렇듯 강렬
한 생의 에너지가 넘치는 사람의 글에는, 읽기만 해도

저절로 기분 좋아지는 마법의 화학물질이 묻어 있는 것만 같다. 그녀의 글에서는 아모르 파티Amor Fati, 삶에 대한 사랑의 에너지가 넘쳐흐른다. 그녀의 글은 우리를 거침없는 열정과 사랑의 세계로 유혹한다. 우리로 하여금 새로운 삶을 향한 도전을 두려워하지 말기를, 언제나 더 나은 사랑을 찾을 기회가 있음을 속삭인다. 그녀의 글에는 새로운 삶, 사랑, 세계를 향한 따사로운 유혹과 환대의 숨결이 살아 있다.

그녀의 글을 읽고 있으면 남들이 좀처럼 몸을 사리며 가지 않은 길만 골라서 거침없이 발걸음을 옮기는 용맹스러운 전사의 이미지가 떠오른다. 그녀의 글을 읽고 있으면, 끝없이 새로운 길 위에 설 수 있는 용기가 샘솟는다. 그녀가 글을 쓰는 사람으로 다시 태어나 다시 두 발로 씩씩하게 걸을 수 있게 된 것처럼, 그녀의 글을 읽는 우리 또한 새롭게 이 세상에 발 딛는 법을 다시 배우고 싶어진다. 그녀는 매일의 글쓰기 속에서 삶에 대한 사랑을, 운명에 대한 사랑을 실천한다. 이제 우리가 '다정한 독자'가 되어 그녀의 사랑에 응답할 차례가 아닐까. 이

책을 읽으면 당신은 걸음마를 배우는 아기처럼 어처구니없이 어리고 천진난만해진 자기 자신을 발견하게 될 것이다. 나는 또다시 상처 받을까봐 두려워서 사랑하기를 포기한 모든 사람에게 이 책을 선물하고 싶다.

작가의 말

책에 수록된 원고의 대부분은 친구 최리외와 번갈아 가면서 연재했던 메일링 구독 서비스 「금요일에 만나요」에서 처음 쓰였다. 비평을 쓰기 시작하면서부터 사적인 기록을 할 시간이 점점 부족해져서 반강제적으로라도 써낼 장치를 고안하고자 했다. 셀프 마감을 만들고, 이어달리기처럼 연재의 바통을 주고받는 일을 누군가와 함께하면 좋을 것 같았다. 2주의 시간차를 두고 금요일마다 두 사람이 번갈아가면서 글을 발송했고 그렇게 이어진 시간이 벌써 곧 이 년이 된다.

쓰고 나서 꽤 시간이 지난 원고들을 다시 읽어보면서 내 안에 이런 생각과 감각이 있었다는 사실에 놀라는 순간이 많았다. 역시 쓰지 않으면 사라지는 것들이 참 많다. 그러나 여기에 실린 글들이 단지 이 모든 순간을 순전히 나만의 것으로 가지고 싶다는 욕심에서 쓰인 것은 아니다. 삶이 글이 될 때, 그것은 영원히 나의 독점적 소유가 불가능한 국면으로 나아간다. 자유로워진다. 그래서 나는 이 글들을 쓰고 싶었던 것 같다. 계약과 의무에 묶이지 않고 그저 나로부터 누설되는 말들을 받아 들고 싶었다. 그게 어떤 말일지, 어떤 이야기일지 궁금했고, 보고 싶었다. 그것들의 면면이 궁금한 건 그 누구보다도 바로 나 자신이었다. 그래서 사람들은 에세이를 쓰는 건지도 모르겠다. 스스로를 잘 알아서가 아니라 오히려 너무나도 모르기 때문에 알고 싶어서.

인생 최초의 책을 묶는다. 사적인 이야기로는 세상에 처음 내보이는 이 글들은 목요일 밤과 금요일, 그리고 토요일 낮 사이의 시간대에 쓰였다. 나는 토요일 아침, 금요일의 밤이 지나간 뒤에 찾아오는 첫 번째 햇빛이 가장 세속적인 아침이라고 생각한다. 월요일부터 금요일까지는 내가 세계의 세속에 붙들려 있다면, 금요일 오후부터 준비되는 토요일의 아침은 온전히 나만의 세속이 축제처럼 시작되는 때다. 스케줄러에 붙들리지 않은 시간 속에서 나는 마음껏 후회하고 마음껏 도망치고 마음껏 기뻐하고, 때로는 지난 한 주의 몰아치던 일과가 존재하지도 않았던 것처럼 무한한 여유를 부릴 수도 있다. 과거의 일부를 무턱대고 꺼내와 마치 오늘 당장 벌어지고 있는 일처럼 반복 재생할 수도 있다. 비록 그 쾌락이 일요일 오후부터 끝날 준비를 시작한다 하더라도 말이다.

모든 글쓰기는 돌아봄의 순간 속에서 쓰인다. 일기나 산문은 말할 것도 없고, 비평이나 학술논문도 마찬가지다. 사건이 텍스트가 되고, 텍스트는 사건이 된다. 그러니 어떤 글이라도 무언가를 쓰는 사람은 몇 번이고 뒤돌아보는 사람이다. 삶을 초월하거나 달관하지 않고 몇 번이고 상기하고 여러 각도에서 복기하는 작업이야말로 가장 속되고, 속된 일이다.

그러나 세속적인 것과 성스러움이 떨어져 있다고 여

기지는 않는다. 성聖과 속俗의 결탁 관계를 보고자 한다면 시를 읽으면 된다. 시인이 겪은 현실의 때 묻은 사건들이 펜 끝에서 승화되어 한 편의 시로 성스러워지고, 그 성스러움은 시가 지닌 속된 욕망으로 인해 가능해진다. 예수도 신의 아들이면서 또한 사람의 아들이지 않던가. 가장 성스러우면서 동시에 가장 세속적인 차원, 그것은 바로 사랑일 것이다. 그렇다면 우리는 자연스럽게, 글을 쓰고자 하는 이는 모두 열렬히 제 사랑을 붙들고 고투하는 이들이라고 여겨도 좋을 듯한데⋯⋯. 금요일 오후부터 토요일 낮까지, 나는 혼자서, 도대체 무엇을, 그토록 사랑했을까?

사랑이라는 단어에서 성스러운 부분을 약간만 생략해두고, 조금 더 세속적인 부분을 들여다보면 그것은 연애라는 말로 바꿀 수 있지 않을까 한다. 십오 년쯤 전에 누군가 내게 '연애'의 연戀에 해당하는 한자가 그토록 복잡하고 어려운 이유는 실제로 사랑이라는 것이 그러한 일이니 한 획, 한 획씩 그어보면서 더욱 신중히 생각해보라는 뜻이 아니겠냐고 말한 적이 있다. 나는 그의 말에 아주 깊이 매료된 나머지 내가 사랑하고 있다고 직감하는 매 순간마다 그 말을 떠올리게 되었다. 그리고 그건 대체로 마음이 아프고 힘든 때였으므로 사랑이라는 건 애초부터 복잡하게 생겨먹은 것이라는 저 말이 큰 위로가 되었고, 덕분에 꽤 많은 것들을 순순히 받아들일 수 있었다.

글자의 생김새만 그런 것이 아니라 실제로도 사랑이라는 건 그 깊이를 조금도 헤아릴 수 없을 정도로 아득해서 쓸 때마다 조심스럽다. 상황과 사람에 따라 모습이 바뀌는 말이기도 하다. 한때 그것은 내게 '하나'라는 말과 다름없었으며 동시에 '구속'이라는 말이기도 했다. 그러나 지금의 내게 사랑은 '거리'라는 단어와 가장 가깝고 그것은 '닿지 않는'이라는 말과 이어진다. 사랑을 하고 있는 사람의 얼굴이 시시각각으로 변하는 것처럼, 거꾸로 무엇이 사랑과 만나느냐에 따라 사랑도 제 모습을 바꾼다. 그러니까 여기에 담긴 글들은 나의 변화를 담은 기록이기도 하지만 동시에 내가 만난 사랑이 어떻게 바뀌었는지를 관찰한 기록이기도 하다는 말이다.

시간의 차원에서 우리는 언제나 한 발 뒤늦게 사랑하고, 동시적으로 사랑하는 일은 멀리서만 가능하다. 사랑은 시간의 단차와 여백을 동반한다는 말이다. 나와 그의 사이에 있는 빈 공간에서 우리는 가끔씩 마주칠 뿐이고, 대부분의 시간 동안 우리는 서로가 남긴 흔적을 더듬을 따름이다. 사랑은 아주 오랜 시간에 걸쳐 교환되는 여러 통의 편지들이다. 그런데 이 서신 교환에서 나는 그가 언제 답신을 보낼지 예측할 수 없고 심지어 그가 읽었는지 여부조차 알 수 없다. 어쩌다 뜻밖의 곳에서 발견되는 그의 흔적을 통해 마음의 일부를 가늠한다. 때로 손에 거머쥐는 이 조각이 전체일 거라는 일시적인 착각에서 오는 황홀과 함께. 이런 사랑은 너무나 불확실하고 위태로워 보이지만 나는 그 연약함이야말로 사랑의 본질이라고 생각한다. 사랑이 나의 손길과 시선을 초과하는 먼 곳으로 달아나는 것을 바라볼 때, 그리고 그가 나를 까맣게 잊고 자신의 세계를 쏘다닐 때 나는 사랑이 비로소 살아 있음에 안도한다.

보고 만질 수 있는 영역보다 비가시적인 영역이 더욱

많은 관계를 두고 사랑이라 명명하는 것이 혹자에게는 불안이나 의심으로 다가설 수도 있을 것 같다. 그러나 편지가 결코 끝나지 않는다는 사실, 그가 나의 세계에 끝없이 출몰한다는 사실은 연(戀)의 연(緣)이 계속해서 이어지고 있다는 증거일 테다. 나 역시도 사랑이 영원하기를 바라지만 영원은 서로를 속박하는 조건이 아니라 다만 생성이 지속되게 하는 조건이자 생성 그 자체이다. 무수한 사랑을 들락날락하며 깨달은 것은 사랑으로 연루되는 관계는 당위로 구성될 수는 없다는 것이다. 사랑은 다만 상호 동의와 신뢰를 바탕으로 한 합의와 약속으로 이루어질 수 있는 관계이다. 당위가 작동하면 사랑은 흐려지고 결국엔 관계의 뼈대만 남는다. 지나치게 이상적인 공상이 아니냐고 반문할지도 모르겠지만 이것이 내가 경험했던, 그리고 지금도 경험하고 있는 사랑이다.

간혹 사랑을 잃지 않기 위해(실상 이때의 '사랑'은 결국 '관계' 그 자체와 더 가까운 말이겠지만) 자신을 숨기고 상대가 원하는 모습만을 내보이는 이가 있다. 상대를 자신의 곁에 밀착시키고픈 욕망 때문일 것이다. 그런 욕망으로 지어진 사랑은 매끄럽다. 달콤하고, 부드럽고, 안전하다. 그러나 비천하다. 사랑이 수단으로 전락하기 때문이다. 물론, 사랑에는 분명 정치적인 힘이 있다. 하지만 상대를 나의 소유물로 만들기 위한 술수로써 발휘되는 사랑은 모욕적이다. 삶의 낯선 풍경과 인간에 대한 새로운 이해를 가능하게 하는 위험이 소거된 세계의 밝음은 분명 모욕적이다. 그 안에서는 단지 시간의 소비와 그로 인한 삶의 소진만이 있을 뿐이다. 진짜 '나'의 얼굴을 숨기고 상대의 수요에 맞는 공급만을 제공하는 아름답고 모난 데 없어 보이는 이 사랑은 관계의 소유권을 획득하기 위해 애쓰는 안타까운 몸짓일 뿐이다.

그러나 내가 추구하는 사랑의 정치성은 소유가 아닌 자유를 향한다. 글도 마찬가지다. 물론, 우리는 우리가 듣고 싶은 말을 재깍재깍 내미는 이를 좋아하지 않을 수 없지만, 그러나 그건 또 다른 나를 당신에게서 재확인하는 일에 불과하지 않은가? 나는 내가 원하는 당신의 얼굴이 아니라 내가 모르는 당신의 얼굴을 보고 싶다. '허투루 읽지 않겠다'는 마음이 향하는 곳은 나의 얼굴이 아니라 바로 당신의 낯선 얼굴이다. 세속의 아침 동안 내가 나의 글 속에서 그토록 열렬히 사랑했던 것은 아직 만나지 못한 당신의 모르는 얼굴이다. 이 글들이 당신의 고요하던 세계에 작은 물결을 일으킬 수 있다면 나는 그것만으로 더할 나위 없이 행복할 테다. 당신이 내 곁에서 멀리 있다고 해도, 그리고 가까워질 수 없다고 해도 괜찮다. 나의 세계와 당신의 세계가 교차하면서 다시 각자의 길을 향해 갈라지기를, 바로 그 충돌을 통해서 우리의 요철이 깎여나가기를 원한다.

　닫는 글조차도 이렇게 장황하다니. 불평을 들어도 할 말이 없다. 아마도 이런 작가의 말은 당신이 원하던 것이 결코 아니리라. 그러나 세속적인 나의 아침은 대개 이런 마음으로 지나간다. 당신은 불평하거나 불만을 품을지라도 나는 기뻐할 것이다.

2024년 5월
후암동에서
전승민

허투루 읽지 않으려고

초판 1쇄 발행 2024년 5월 31일
초판 2쇄 발행 2024년 12월 9일

지은이   전승민
편집   김선영
디자인   김지원
조판   한향림

펴낸곳   핀드
펴낸이   김선영
등록   2021년 8월 11일 제2023-000289호
주소   04017 서울시 마포구 동교로 31(망원동) 2층
전화   02-575-0210
팩스   02-2179-9210
이메일   pinned@pinned.co.kr
인스타그램   @pinnedbooks

ISBN 979-11-981721-3-6 03810